豪迈王者
鸡　王

Heroic King
The Rooster King

沈石溪 / 著

北京理工大学出版社
BEIJING INSTITUTE OF TECHNOLOGY PRESS

沈石溪,中国著名的"动物小说大王",祖籍浙江慈溪,1952年生于上海。1969年初中毕业后,赴云南西双版纳插队,在云南生活了整整36年。

长年的云南边疆生活犹如一把金钥匙,开启了他动物小说的写作天赋。在他笔下,动物世界是与人类世界平行的一个有血有泪的世界。他的动物小说充满哲理、风格独特,曾荣获"全国优秀儿童文学奖""冰心儿童图书奖""陈伯吹儿童文学奖""台湾杨唤儿童文学奖"等四十多个奖项。

他的作品曾多次入选中小学新课程标准教材,成为阅读教学的精读范本,影响着新一代的读者,并被译成英、法、日、韩等多国文字,享誉全世界。

"我喜欢重彩浓墨描绘另类生命,
我孜孜不倦地朝这个方向努力。"

为致敬生命而写作

为生命而写作,这话我在很早之前便已经说过。

在作为一名动物小说作家的创作生涯中,我从未担心过我的写作题材会受限,我的创作灵感会枯竭;因为我知道,就生命这一写作对象来说,动物世界其实是一个比人类社会更加广阔、更有可为的领域。这两者就好比是外太空与地球的关系,人类社会的题材固然恢宏,地球尽管庞大,但放眼于整个动物界与自然界,放眼于大气层外的宇宙空间,孰大孰小,狭窄与宽泛、有限与丰富的区别,还是一目了然的。

但是,我并不想让读者们因此觉得,我所写的生命就仅仅是动物的生命;相反我相信,每一位动物小说作家笔下的生命,与每一位人类小说——写动物的称为动物小说,写人类的为何不能称作人类小说?——作家笔下的生命，其实是同一种由无差别的精神内核驱动的、没有食物链上下与进化尊卑之分的东西。我们想一想，蒲松龄老先生笔下的"禽兽之变诈几何哉，止增笑耳"，难道只是在嘲笑狼的小聪明吗？同样，再读杰克·伦敦《野性的呼唤》，我们又岂能说那只是一条向往着野性的狗，而不是一个渴望着自由的生命呢？所以，我在三十几年的创作历程中，一直拿一句话作为自己的座右铭，那就是，人类绝不可以俯视动物。

人类绝不可以俯视动物，也就是说，人类在从动物身上观察它们的生命的时候，或者像我这样，需要把它们的生命描写出来的时候，一定要把自己放在跟观察对象、描写对象齐平的高度上，就像《热爱生命》里面的那一个人、一只狼一样，面对面地看着对方，看谁先倒下去。也只有如此，我们才能发现生命在动物世界里所展现出来的每一个维度，还有每一个维度中所承载的内容，就是它们的生命所焕发出来的温度与主题。

这样的维度可以有很多，比如它们的繁衍、它们的生存、它们的社交、它们的组织、它们的野性、它们的情感等，也正因为这样，动物的生命中才蕴含着同人类生命一样无限而丰富的主题。比如，在一条大鱼身上也存在着令人动容的母爱（《大鱼之道》），一条蟒蛇也可以是尽职尽责的保姆（《保姆蟒》），一往情深的公豹最后一次为妻子狩猎（《情豹布哈依》），不服输的鸡王拼死战斗到喋血一刻（《鸡王》），临产在即的母狼接受动物学家作为丈夫（《狼妻》），善良的崖羊令凶暴的藏獒性情大变（《藏獒渡魂》）……如此种种，令我们在最广阔的生命定义中看到了无穷无尽的可能，让我们不得不承认，每种动物都有千般故事，每个生命都是一段传奇。

所以，为生命而写作，如果这话讲得再明白一些，就是向生命致敬，褒奖它的升华，讴歌它的荣耀，赞美它的牺牲，肯定它的死亡，让生命在保有其优美感的同时，也获得它应有的崇高感。

这便是本套"致敬生命书系"分为六大主题、全新结集出版的目标。在我熟悉的动物的世界里，我写过它们悲怆的母爱，写过它们深挚的情义，写过它们绝妙的智慧，写过它们豪迈的王者，写过它们壮美的生命，写过它们传奇的野性……过往的许多年间,我的绝大部分作品都是以时间轴为出版顺序的,写到哪儿出到哪儿,推陈出新,陈陈相因,以至于有许多读者朋友会问我:沈老师,这么多年,你写了这么多书,究竟写了什么?是的,我要向大家回答清楚这个问题才行——

那么,这套书算是一个答案与交代了。

2018 年 12 月 10 日

目　录

1 —— 鸡　王

11 —— 老鹿王哈克

69 —— 头羊之争

79 —— 血染的王冠

135 —— 撞笼的金雕

鸡王

JIWANG

西双版纳盛行斗鸡，逢年过节，村村寨寨都举行斗鸡会。最热闹的，要算泼水节时在乡里举行的一年一度的鸡王选拔赛，各村各寨汇集了上百只雄赳赳、气昂昂的大公鸡，在高台上斗得天昏地暗，用淘汰的方式最后遴选出一只最勇敢、最善斗的公鸡，授以鸡王桂冠，鸡王的主人可以获得一笔数目很可观的奖金。

曼广弄寨波农丁养的一只名叫哈儿的绿翎大公鸡，已经蝉联了六届鸡王。普通公鸡，能坐上一次鸡王的宝座，已是极大的荣耀，哈儿当了六届鸡王，名声大振，成了家喻户晓的明星。波农丁也因此发了财，据他自己说，他家那栋高大宽敞的竹楼，就是靠鸡王的奖金盖起来的。

哈儿长得高大矫健，宝石蓝的尾羽亮得像用猪油擦过，在阳光下闪动着耀眼的光芒，琥珀色的喙像鹦鹉一样弯如鱼钩，一双鸡爪遒劲有力，与鹰爪相比毫不逊色。我观摩过它的斗鸡赛，一遇到对手，它脖子上的彩羽就蓬松怒张开，像撑开了一把太阳伞，奔过去，弯钩似的喙如暴风骤雨般地猛啄，飞跳到半空，用铁爪一把一把将对手身上的鸡毛揪下来，三下五除二，就把对手打得落花流水。

可惜的是，花无百日红，职业斗鸡也不可能永远雄踞鸡王宝座。岁月不饶人，岁月也不饶鸡，哈儿七岁，作为鸡，已进入了老年期。在它第七次参加鸡王选拔赛

时,最后一场是和一只连鸡冠都是乌黑乌黑的黑公鸡相斗。黑公鸡虽然看上去不如哈儿健壮,也不如哈儿那么有打斗经验,但只有一岁半,年纪轻,耐力好,灵活机警。好一场恶斗,开始时,黑公鸡连连失利,鸡冠被啄碎了,鸡毛像黑色的雪片漫天飞舞,但十几个回合后,哈儿渐渐体力不支了,再也无力飞到半空居高临下用铁爪撕扯,啄咬的频率和力度也明显减弱,黑公鸡却越斗越勇,频频反击。很快,哈儿眼角被啄出了血,一只翅膀似乎也扭伤脱臼,耷拉在地上。鸡王到底是鸡王,丝毫也不气馁,仍然顽强搏斗。最后,双方扭抱在一起,像只彩球似的激烈翻滚了一阵,等分开时,哈儿浑身是血,倒在地上挣扎了半天也没能起来,而黑公鸡还能勉强站起来,仰天发出啼叫。哈儿卫冕失败,鸡王的桂冠让给了年轻力壮的黑公鸡。

　　斗鸡生涯,无一例外的都是以失败而告终的,这也是在人们的意料之中。

一般来说，斗输的鸡，已失去了利用价值，会被主人当做菜鸡宰了吃掉。但波农丁感念哈儿曾经为主人挣来了不少荣誉和财富，不忍心把哈儿当一般的斗鸡看待，抱回家后，替它治好了身上的伤，声明要给它养老送终。

养好伤后的哈儿变得十分难看，尾羽折断，颈羽稀疏脱落，嘴喙从中间裂开，趾爪断了好几根，一只鸡眼被扎瞎了，鸡脖子好像也拧歪了，走起路来歪头歪脑，趔趔趄趄，模样既滑稽又可怜。

光阴荏苒，转眼又到了泼水节。一年一度的鸡王选拔赛如期举行，高台下人头攒动，鸡武士一个个登台亮相。经过一场场激烈的竞斗，去年那只黑公鸡挫败了众多强手，再次摘取了鸡王桂冠。它被它的主人抱在怀里，乡长亲自给它红绶带。人们都用羡慕的眼光看着黑

公鸡和它的主人,黑公鸡骄傲地抻直脖子,"喔喔喔",得意扬扬地打起鸣来。

就在乡长把红绶带往黑公鸡脖子上挂时,突然,高台旁的一棵缅桂树上,传来一串苍老嘶哑的鸡鸣,接着,一只绿翎大公鸡从树枝上飞扑下来,正正落在黑公鸡头上,一把将黑公鸡从它主人的怀里拽下地来。所有的人都看得清清楚楚,那是已被摘除了鸡王桂冠的哈儿!

看来,哈儿是不甘心去年的失败,要和黑公鸡一决雌雄。

黑公鸡趾高气扬地朝哈儿斜视了一眼,"喔——",长啼一声,声调傲慢轻浮,好像在说:"你是我的手下败将,知趣点,趁我还没把你的另一只鸡眼啄瞎,快滚吧!不然的话,我就要不客气啦!"

哈儿歪着头,一步一步向黑公鸡逼去。

黑公鸡的主人想要把哈儿赶开,却遭到了台下观众的反对,按规矩,每一只公鸡只要愿意,都有资格参加鸡王的角逐。

哈儿和黑公鸡终于扭打在了一起。哈儿显然不是黑公鸡的对手,它老态龙钟,歪头歪脑又瞎了一只眼,十次啄咬九次落空,喙也裂开了,即使偶然啄中对方,也无法给它造成任何创伤,那脚爪也失去了以往的犀利与威风,即使抓住对方的身体,也最多抓下一两根黑色的绒毛。黑公鸡灵活地躲开哈儿的啄咬,一会儿绕到边侧,一嘴啄下哈儿的一撮颈毛,一会儿跳到上方,一口咬裂哈儿的鸡冠。很快,哈儿便伤痕累累,空中飘舞着五彩鸡毛。

这已经不像是在斗鸡,而是黑公鸡在练靶子,而且练的是活靶子。

我觉得哈儿太不自量力了,它年老体弱,又身带伤

残,是绝无取胜希望的,而且坚持不了多久,就会被斗趴在地上的。果然,几分钟后,它便气喘吁吁,虚弱得快站不稳了。

体魄强健的黑公鸡又跳到哈儿身上一阵狂撕猛啄。

哈儿满头满脸都是血,简直变成了一只血鸡。可它仍恣张着带血的颈毛,亮出残缺的喙,脖子一伸一伸地做着啄咬的动作;它的身体剧烈颤抖,显出马上要倒的样子,可始终没有倒下去,不仅站着,还步履蹒跚地向黑公鸡追来。

按照不成文的斗鸡规则,一方要么倒在地上起不来,要么扭头逃出场子,才算决出胜负。哈儿既没有倒在地上,也没有逃出场子,所以还不能算输。

黑公鸡终于有点心虚了,明摆着的,除非哈儿当场气绝身亡,否则是不可能退出比赛的,不知道是被哈儿的勇敢震慑了,还是不忍心对一只已快踏上黄泉路的老

公鸡施暴虐杀，它"咯咯咯"地发出一串无奈的叫声，转身退出了场子。

按照斗鸡规则，退出场子就算输了。

哈儿站在斗鸡场中央，昂着头，"喔——"，发出一声带血的啼鸣，便一头栽倒在地。它终于如愿以偿，死在了鸡王的宝座上。

2 老鹿王哈克

LAO LUWANG HAKE

我决定用第二人称撰写这篇动物小说。困难的是，现有的词汇中，只有专指动物第三人称的"它"，而没有相应的"你"。"你"是单人旁，是用于人的。我无权像古代的仓颉那样去造个字出来，便只好向尊贵的人类借用这个"你"字。我郑重声明，我绝对没有想要亵渎人类尊严的意思。

——作者关于小说人称问题的说明

一

你在这个世界上度过了十五个春秋。这对于以长寿著称的龟来说,只是生命的开始;对于主宰世界的人类来说,才刚刚进入青春年华。你是鹿。对鹿来说,十五年就是生命的全部,就是生涯的尽头。好几个月前,你就感觉到自己的肌肉开始松弛,再也不能像过去那样在草原上自由地尽情地蹦跶跳跃了;你的牙齿已开始松动,连咀嚼鲜嫩的草叶都相当困难。率领鹿群到尕玛儿草原觅食或到曼纳臭水塘饮盐碱水时,你就会觉得相当疲乏,要不是鹿王的自尊心迫使你撒开四蹄走在鹿群的最前头,你肯定就要掉队了。你哀叹时光太短暂,你感慨生命太脆弱,但你无法改变大自然新陈代谢的规律。你甚至已经看到黑色的死神在向你召唤。你知道自己在不久的将来,或者在奔跑的路上,或者在吃草时,就会感

到心脏一阵反常的悸动,浑身痉挛,"咕咚"一声倒在地上,气绝身亡,就像在其他一些衰老的鹿身上发生的情景一模一样。你不可避免被尕玛儿草原上凶猛的红蚂蚁咬成碎片,或被鹰峰上讨厌的秃鹫当作晚餐。

你不甘心就这样普普通通地死去。你虽然是鹿,但你不是一般的鹿,你是勇敢的智慧出众的鹿王。你希望自己生的时候与众不同,死的时候也与众不同。你希望能给自己统治了八年之久的鹿群留下点儿永志纪念的东西;你希望自己最后一抹生命的火焰能给鹿群增添些光明。那么究竟该干些啥呢?率领鹿群到遥远的地方去寻找新的茂盛的草原?替鹿群找寻一处猎人和食肉类猛兽都无法到达的安全地带?不,这些想法都是荒唐的不现实的。尕玛儿草原是整个日曲卡山麓最肥美的草原;在这个地球上,根本就不存在猎人和食肉类猛兽无法到达的地方。你想得神魂颠倒,想得身心交瘁,还没想出合适的主意来。

那天黄昏，你率领鹿群经过一片河滩，突然间，在远处的河湾那儿出现一个黑影，几只小鹿以为那匹凶残的老狼又出现了，惶惶然钻到母鹿的腹下，"呦呦"地哀叫起来。霎时间，整个鹿群都惊慌骚动起来了。你登上河滩中央一块突兀的磐石，仔细一看，那黑影不是老狼，而是一只狗獾，夕阳把它的身影拉长了，才闹出这场误会来。

狗獾对鹿群是无害的，弄清真相后，虚惊很快平息下来。就在这时，一个崭新的充满悲壮色彩的念头蓦地跳进你的脑海。你禁不住为自己这新奇的想法激动得浑身颤抖。

二

也许它是忍受不了日曲卡雪山的严寒和饥馑，所以才跑到尕玛儿草原来的；也许它是被猎人追捕，慌不择路偶然逃进尕玛儿草原来的；也许是它极其灵敏的嗅觉闻到了肥美的鹿的气味，才从遥远的居住地跟踪过来的。你不晓得那匹老狼究竟是从哪里钻出来的。尕玛儿草原过去从未有过狼患。

那匹老狼的出现，给鹿群带来了灾难。

过去鹿群也有过天敌，例如去年秋天，一头雪豹从日曲卡雪山下来叼走了一只两岁的小鹿。但雪豹尽管凶残，也令鹿讨厌，毕竟只是极其偶然地出现过一次，叼走小鹿后，雪豹就匆匆忙忙跑回雪山上去了。它们不习惯尕玛儿草原炎热的气候，它们的智力也是有限的。

那匹老狼就不一样了，它和雪豹同样凶残，却又比雪豹多了一层狡诈，多了一层贪得无厌。你记得很清楚，老狼第一次出现在草原上到今天已经有四个多月了，老狼就像一只黑色的幽灵，始终在鹿群周围游荡。每隔十天左右，老狼必然会袭击鹿群一次，或咬死一头活泼可爱的小鹿，或咬死一头行动迟缓的老鹿，葬送在老狼腹中的鹿累计已达十四头了。你愤慨老狼使你统率的鹿群数量锐减，你更愤慨它冲进鹿群扑咬你麾下臣民时的那副神态。它总是半睁半闭着那双粘满眵目糊的狼眼，微露肮脏的黄色的狼牙，摇晃着那条扫帚似的大尾巴，一副悠闲得意的模样，仿佛不是在野外进行紧张的生死拼搏的猎食，而是在进行一场轻松的游戏。老狼吃饱了肥美的鹿肉，喝饱了滚烫的鹿血，便离开鹿群到草原逍遥玩耍，饿了渴了又回来祸害鹿群。你心里很明白，老狼其实已经把你统率的鹿群视为它的战利品，它的俘虏营，它的屠宰场，它可以随心提取和任意宰割的

食物仓库!

难道你哈克辛辛苦苦繁殖和发展起来的鹿群,就是为这匹丑陋的老狼提供永不枯竭的食物?

你是心高气傲的鹿王,你受不了这种侮辱。你恨不得立刻把老狼撕碎,像咀嚼青草那样把它嚼成粉末,虽说鹿是食草类动物,但气急了,恨急了,也想尝尝仇敌的血腥味的。你有一百多头臣民,而它只是一匹孤独的老狼,从数量上说你占有绝对的优势。遗憾的是,鹿是善良的动物,天性怯懦,只要一闻到狼身上那股刺鼻的腥臊味,便会吓得魂飞魄散,仓皇逃命。你也不例外。尽管你头上有一副漂亮的、坚硬的、琥珀色的鹿角,尽管你在鹿群中享有至高无上的威势,尽管用鹿的标准看你具有出众的勇敢,尽管你一秒钟前还慷慨地想象着要同老狼决一死战,但当老狼突然出现在鹿群中时,你身上鹿的勇气顿时烟消云散,四肢发软,心仿佛要跳出嗓子眼，脑子里一片空白，只剩下一个强烈的念头占据你整个身心：逃命！你为自己的行为感到羞耻，但你无法改变自己怯懦的天性。老狼身上那股血腥味，那锐利的狼爪，那尖利的狼牙，对鹿来说仿佛有一股无法抗拒和违逆的威慑力。也许这是天意。

你只有带领鹿群逃跑。你要摆脱老狼无休止纠缠的办法，只有一个，就是尽量逃得远些，再远些，逃出狼的视界，逃出狼的嗅觉范围，让老狼从此再也找不到你们。那一次，当老狼咬断一头幼鹿的喉管暂时离开鹿群后，半夜，你悄悄唤醒沉睡中的鹿群，开始逃难。鹿群整整奔跑了七天七夜，越过两条湍急的河流，翻过四座山岗，从尕玛儿草原的东端一直跑到西端。有两头老鹿受不了路途的颠簸和艰辛，倒毙在半路上。你相信连白云也追不上鹿群奔跑的速度，你相信鹿群已离开老狼遥远得连信鸽都找不到了。鹿群和你都沉浸在终于摆脱了

恶魔的欣喜之中，但这种欣喜仅仅维持了三天。第四天清晨，老狼踏着玫瑰色的晨曦又出现在鹿群中，你清楚地看到，老狼那稀稀疏疏散落着几根焦黄胡须的嘴角漾着一丝狡黠的狞笑，它是在嘲笑你的无能，嘲笑你的愚蠢。你徒劳地率领鹿群奔跑了七天七夜，还白白损失了两头老鹿，恐怖却依然存在。

这不是一匹老狼，你觉得它简直是魔鬼的化身，是死神孵化出来的幽灵。你绝望了，整个鹿群也都绝望了。你既然无法战胜它，又无法摆脱它，只好听之任之，让它像到银行提取定期存款那样，每隔十天叼走一头倒霉的鹿。

血腥的阴云笼罩在鹿群上空，昔日宁静与和谐的气氛被破坏殆尽。许多鹿变得神经质，产生幻视、幻听和幻觉，常常会把风吹竹林的啸声和猫头鹰的啼鸣误认为是老狼在嚎叫；会把远处的一棵树桩、一块岩石或天上飞鸟的投影误认为是老狼来了。它们发出歇斯底里的哀叫，搅得鹿群惶惶不可终日。有几头意志脆弱的公鹿食量锐减，还不到死亡的年龄便死去了；有不少胆小的母鹿在发情期停止了发情，甚至有两头怀孕的母鹿流产了，没生下天真活泼的鹿仔，只产下一堆血污。显然，这些都是非正常死亡。再这样下去，用不了两三年时间，鹿群便会彻底毁灭的。

　　没有一头鹿站出来责备你的蠢笨，谴责你的无能，它们凭鹿的本能知道，再勇敢的鹿王也对付不了穷凶极恶的老狼，除非发生奇迹。它们无可奈何地接受了厄运，但你却感觉到了巨大的压力。这压力来自你的内心。你是鹿王，你有责任也有义务保护种族的生存和繁荣。生存和繁荣的首要条件就是和平和安宁。一种鹿王才有的神圣使命驱使你做出一个非凡的决定，临死之前同老狼较量一番，但愿能消灭这个祸根，为你挚爱的鹿

群除害。

  你明白,这将是一场力量悬殊的搏斗。首先你要克服鹿的自私和怯懦的天性,但动物要改变天性谈何容易,简直比登天还难,人类也不例外。就算到了紧要关头你能克制住自己不转身逃命,面对老狼,你也分明是个弱者。老狼有能咬碎你鹿骨的尖牙,有能撕破你鹿皮的利爪;而你的牙齿软弱得只能啃食青草,你的蹄子肉感太强,丝毫不具备战斗的锋芒。对你这样的大公鹿来说,唯一的武器便是头顶那架鹿角。你心里很清楚,公鹿的角具备两大功能:第一功能是向异性炫耀讨取母鹿的欢心;第二功能是用作同性之间为争夺王位和配偶进行角逐的武器。出于繁衍后代的强烈本能,在适者生存的遗传规律的支配下,鹿角的第一功能往往胜过第二功能。鹿角趋向于更高大、更壮观、更漂亮、更艺术化,而战斗性能却被削弱了。你亲眼看见过一头遭老狼袭击的公鹿，那架威武的鹿角在狼嘴下变得如此笨重，别说当作武器去搏击对方，简直成了一种累赘。当老狼扑向公鹿的喉管时，你看见那头倒霉的公鹿想扭头躲避——鹿的敏捷在草原上是出了名的，它完全能躲开老狼那致命的一击——但是，头顶那架高大的鹿角使它的行动变得滞重和笨拙，就因为0.1秒的延误，那头本来可以从狼爪下逃生的公鹿被老狼咬断喉管，葬身狼腹了。

你想到种种鹿的短处和弱点，禁不住心灰意冷。你的信心丧失了，你的决心动摇了。你想何必徒劳地去冒这个风险呢，老死在这个草原上总比被老狼咬死要少些痛苦。你像包括人类在内的一切动物一样，更愿意寿终正寝，而不愿意横死荒野。但是，一种鹿王的自尊，一种强烈的种族生存意识，迫使你坚固自己的决心。真的，虽说你是弱者，处于劣势，老狼是强者，处于优势，但老狼并不是无懈可击的。你想，它的身体不是钢

浇铁铸的，它也是血肉之躯，只要你的鹿角磨得更锋利些，是可以捅破它的肚皮的。再说，你可以运用鹿王的智慧，来对付狼的狡猾。更重要的是，你已不抱任何生存的幻想。你希望得到的最大胜利就是和老狼同归于尽。你把生命置之度外，这无疑可以使你在搏斗中获得某种主动权。

但你一直没把自己的想法告诉鹿群，甚至瞒着自己最宠爱的母鹿艾莉。要让一头鹿和一匹狼面对面较量，是异想天开，没有哪头鹿会相信你的。你没有任何取胜的把握，很有可能在第一个回合便被老狼咬断喉管。你不愿死后让同类嘲笑你是个说大话、吹大牛的家伙。你要悄悄地干。

三

你做梦也没想到，就在你寻思怎样向老狼复仇的时候，杰米会跳出来向你挑衅。这个聪明的混蛋，一定是看出你的脚步不像过去那么矫健，看出你的脾气不像过去那么暴烈，看出你已经被老狼的出现搅得心神不宁，看出你已经实在是衰老了，于是，它想推翻你的统治，取代你当上尊贵的鹿王。

挑衅发生在臭水塘边。黄昏，鹿群正在按地位的高低和等级的卑尊极有秩序地饮盐碱水，突然，排在队伍末端的杰米蛮不讲理地用鹿角撞开前面好几头地位比它高的公鹿，蹿跃到最前列。这时，整个鹿群中最美丽的母鹿艾莉正站在臭水塘边的一块莲花形的岩石上低头饮水，杰米奔过去，伸出粉红色的舌头去嗅艾莉的面颊。艾莉不愧是你最宠爱的好妻子，它懂得怎样维护自

己王后的尊严，它绝不会轻易让等级卑微的臣民羞辱自己。艾莉又踢又咬，愤怒地拒绝了。但杰米并不死心，仍然涎着脸无耻地把舌头伸向艾莉的胸脯。艾莉开始呼救。

整个鹿群骚动起来。

你感到震惊。这无疑是一切挑衅中最严重的挑衅了。别说你是尊贵的鹿王，就是普通的公鹿也无法容忍这类侮辱。你咆哮着奔过去。你是看着杰米长大的，在你的印象里，杰米不过是个爱搞恶作剧的鹿仔。是的，它会无故踢咬比它弱小的同类；它会欺负那些生命像残烛般摇曳的老鹿，从它们口中抢食青草；它喜欢在旗鼓相当的同龄伙伴面前摇晃头顶的鹿角，做出种种炫耀和恫吓的姿态。你出于前辈对晚辈的宽容，把杰米的劣行看成是孩子的淘气。你不知道，杰米从小养成的霸道性格里包藏着叛逆的野心。

这时，杰米已退到臭水塘旁一块空旷平坦的沙砾地里，那儿是理想的格斗场。它前肢微微弯曲，后肢挺得笔直，勾着脑袋，亮出鹿角，摆出一副打架斗殴的姿势。

你奔到杰米面前，冷冷地打量了它一眼，不由得暗暗吃了一惊。你一直以为杰米还是一头没有发育完全的半大公鹿，但站在你面前的却是一头身躯伟岸、体格健壮、心智成熟的成年大公鹿。你犯了一个错误，你的思维和眼光还停留在半年前。半年来，你被那匹可恶的老狼搅得混混沌沌，忽视了周围的一切，而杰米却在这半年中长大了。怪不得它敢如此胆大妄为地调戏艾莉，怪不得它敢犯上作乱向你挑衅。它饱满结实的肌肉把赤褐色的马鹿皮绷得油光水滑，没有一丝皱纹；它毛色鲜亮，眼睛里闪耀着一种渴望配偶的野性光芒；它头顶那架鹿角长得极其威风，高大而尖锐，是鹿群中十分罕见的八叉大角。它一定以为，凭着自己发达的肌肉

和出众的鹿角能轻易地将你击败,从而摘取你头上的王冠。

你心里冷笑了一声。是的,从外表看,杰米的力量已经压倒了你,但你哈克绝不是脓包,绝不是不堪一击的窝囊废。鹿群中的王位不是世袭的,而是完全靠力量争夺来的。要是你哈克没有一手格斗的绝招,能在八年前击败老一代鹿王而登上显赫的王位吗?是的,你肌肉开始松弛了,牙齿开始松动了,但还没衰老到无力卫冕战斗的地步。你头顶的八叉大角还是那么坚硬,并且因为准备同老狼拼命而已在岩石上磨得无比锋利。也许,你的力气比起杰米来确实略逊一筹,但格斗的胜负并不完全取决于蛮力,还要看技巧。杰米虽然健壮,但毕竟年轻,手段还很稚嫩,完全没有经验,而你却是久经沙场的老手。

杰米一定是等得不耐烦了,用前蹄拼命踢着沙砾,扬起一团团尘土，鼻子里发出哼哼的谩骂。你不动声色，沉稳地伫立着。你不急于进攻，老手都是后发制敌的。

鹿群散成一个圆圈，围住了沙砾地，凝神屏息地望着你和杰米。整个臭水塘死一般寂静。按照传统和惯例，它们在等待着你和杰米的恶斗，无论是你最后卫冕成功，还是杰米篡权得逞，它们都会向胜利者欢呼，都会给失败者嘲讽。鹿群也遵循"胜者为王，败者为寇"的自然法则，虽然它们都在扮演着公正的仲裁者这样一个角色，但眼光是颇不相同的。艾莉的眼光中含有一种温情的鼓励和焦急的渴望，希望你用鹿角捅破杰米的肩胛，用血教训这个可恶的家伙。你忠实的朋友郎雪公鹿和斑衣公鹿的眼光里含有同情和担忧。而你的仇敌——独眼龙公鹿，投射到你身上的却是幸灾乐祸的眼光。当然，更多的是坐山观虎斗的冷漠。

你望着气势汹汹的杰米，心里突然觉得很悲凉。老狼血腥的恐怖笼罩着鹿群，杰米竟然还有心思来同你争夺王位。要知道，内讧只能加快整个鹿群的灭亡。但似乎没有一只鹿意识到，在关系整个鹿群生死存亡的紧要关头发生窝里斗是多么不明智，是多么愚蠢，是多么危险。特别是杰米，对日益严重的生存危机无动于衷，却热衷于争权夺利，多么可悲啊！但马鹿就是这样一种麻木不仁的动物，鹿群就是这样一个充满了种内竞争机制的社会。外部的忧患并不能妨碍种内的争斗。你虽然是有头脑的鹿王，却也极难改造族群的劣根性。

杰米终于发动进攻了，嘴里"呼"地喷出一口粗气，后腿使劲儿一蹬，将鹿角向你的胸脯刺来。你岿然不动，只是将身体微微前倾，暗暗运足劲，勾起脑袋，把鹿角朝前亮出。两架八叉大角碰撞在一起，"砰"的一声巨响，爆出点点火星。那家伙确实有股蛮力，你虽然有所准备，摆了个最佳的迎敌姿势，却也被震得倒退了两步。它的情况并不比你好，也被震得后退了两步。

这第一个回合至关重要，就像火力侦察，互相在摸对方的底。你一眼就看出了杰米的破绽。它有一个致命的弱点，就是进攻时鹿角距离地面太高了。有经验的老鹿都知道，格斗时鹿角必须紧贴地面，这样可以使自己处于无懈可击的有利地位。而杰米的鹿角，却离地面有半尺高。你知道，当恶斗进行过四五十个回合后，出于求胜心切的暴躁，也由于体力大量消耗，鹿角还会不由自主地越来越高，半尺缝隙将渐渐扩大成致命的空隙。那时，你就能使出自己的挑眼绝招，就是在对方发动一次猛烈的进攻时，你突然前肢一曲跪倒在地，将鹿角的第一对叉深深插进土去，这样，整架鹿角就形成一个斜面，正好从对方暴露的空隙穿刺进去。对方一开始还误认为你是力气穷尽才跪倒在地的，等到发现你是在使用

置敌于死地的绝招时,想缩回去也来不及了,在短暂的一瞬间,在强大的惯性作用下,对方的鹿角会擦伤你的肩胛,而你的鹿角会准确地扎进对方的眼窝。扎得好会扎瞎对方一对眼珠,最差也会使对方变成独眼龙!血肉模糊的眼球会吊在对方的下巴上,像钟摆似的摇晃。也许还更凄惨,对方会哀叫着满地打滚。你在过去的八年鹿王生涯中,已经经历过两次类似杰米这样的篡夺王位的挑衅了。第一次是一头名叫博博的公鹿,结果被你用绝招挑瞎双眼,后来一脚踩空落下悬崖摔死了。第二次是卓卓,算它命大,只成了独眼龙。

杰米,等着吧,你会落得同样的下场。你冷酷地想。你是一代鹿王,你不得不使用铁的手腕、流血的手段来制服和驾驭这班桀骜不驯的臣民。你是被迫的,你是无罪的。你望着杰米,这家伙过去一定以为你已风烛残年,不堪一击,但经过试探性的第一回合,才发觉

你不是它想象中那般衰老,那般无用,于是它的眼光里流露出一种惊骇和疑惧。它明白这是一场势均力敌的角逐,它取胜的信心动摇了。但它拧着脖子,侧着脑袋,眼光变得更加凶狠,更加暴怒,表现出一副不成功便成仁的悲壮气概。你知道,对杰米来说,大祸已经闯下,退路已经堵死,后悔药是没有的。它要么在死斗中侥幸获胜,要么变成鹿群中地位最卑微的残废鹿。毫无疑问,它要同你拼命了。雄马鹿虽然在老狼面前吓得发抖,但在同性之间争夺王位和配偶时,却不乏勇气和拼命三郎的精神。大自然里似乎存在着这样一条规律:越是孱弱的动物,越是不怕窝里斗。

拼就拼吧,谁怕谁呀,你想。

你和杰米互相敌视着,对峙着,这是恶斗前的沉寂,特别惊心动魄。

突然,你的灵魂打了个寒噤,你想到那匹该死的老狼。是的，你运用鹿王的智慧、丰富的经验和精妙绝伦的挑眼绝招，是一定能打败杰米的。但杰米年轻力壮，又像急红了眼的赌徒，不惜以命相拼，你也不可能轻易取胜，极有可能要恶斗百十个回合，持续到满天星斗，输赢才能见分晓。当然，最后的胜利必定属于你鹿王哈克。但是你毕竟衰老了，毫无疑问，这场恶斗会耗尽你最后一把力气，蚀光你仅存的那点精力；你的生理机制已因年老而衰退，不可能像年轻时那样饱嚼一顿嫩草，睡一个懒觉，便可以恢复和再生出无穷的力气和旺盛的精力来。你的体力和精力就像断了源的水流，用一点便少一点，直至枯竭。你毫不怀疑自己能成功卫冕，但你却再也没有力量去对付那匹老狼了；你只会成功地死在鹿王的位置上，却亲手毁掉了自己辉煌的理想；你想用自己最后那点生命的火花创造出奇迹——和老狼同归于尽。要么保住王位，要么解除笼

罩在鹿群上空已达半年之久的恐怖阴云,你不可能兼顾两头,你的生命已所剩无几,你只能选择其一。你心灵出现一架天平,价值就是重量。王位固然有特殊价值,但种群的生存和繁荣无疑要比王位的价值大得多。你痛苦地发现,自己心灵的天平倾斜了。你是多么不愿意放弃王位,退出历史舞台啊!你知道放弃王位对你来说意味着什么。但是,你能眼睁睁看着老狼把你挚爱的鹿群吃个精光吗?如果是那样,那么,你即使在鹿王的宝座上坐上一万年,也一天都不会感到快乐和幸福的。

杰米瞪着血红的眼睛,恶狠狠地朝你冲来,就在它的八叉大角即将和你的琥珀色的鹿角相碰撞、相抵触、相纠缠、相格杀的一瞬间,你突然掉转头向后面逃窜开去。

你听见艾莉发出一声失望的叹息。

整个鹿群"呦呦"鸣叫,你知道,它们是在向新的鹿王欢呼。杰米摆出一副胜利者的姿态，大幅度地摆动着头上的八叉大角，向你尾随追击。你逃出鹿群，逃进暮色苍茫的荒野。

天黑了，满天星斗。你抬头望着闪闪烁烁的星星，不晓得它们是在对你微笑，还是在对你嘲笑。

四

虽然你对丢失王位后可能遭受的冷遇早有心理准备，但你仍为生活所出现的一百八十度的转变而感到震惊和不可思议。现实要比你想象的糟糕一千倍。如果鹿群找到了一片理想的牧场，要等到别的鹿把碧绿的嫩草啃得差不多了，才轮得到你，这时牧场上只剩下枯黄难嚼的老草了。在臭水塘，也是如此，非得等到连母鹿和

幼鹿都饮饱了,你才有资格去享用,那时水塘已被众多的鹿蹄践踏成了泥浆汤。你只能走在鹿群的末端,那当然是最容易遭到食肉猛兽袭击的最危险的位置。你只能睡在鹿群的最外围,寒风、暴雨和冰凉的夜雾首先吹刮到你身上。最不堪忍受的还是孤独,别说没有异性向你献媚了,同性的公鹿也没谁来理睬你,甚至都不屑看你一眼,仿佛你哈克存在与否和鹿群毫无关系。落地的凤凰不如鸡,被废黜的鹿王连长相最丑的老母鹿还不如。要是你生来就是最次等、最卑微的鹿,可能你也会为不平等的待遇而感到难受,但绝不会痛苦到刻骨铭心般的程度。你曾经是,不,仅仅几天前还是养尊处优的鹿王啊!那时候,凡找到理想的牧场,最肥嫩的青草总是属于你的;在臭水塘,你总是第一个跳下去痛饮,水清得发蓝;你总是雄赳赳走在鹿群最前列;你总是睡在鹿群的最中央;无论什么时候,总有一大群希望得到你宠爱的年轻母鹿挤在你身边，你屁股后面还尾随着众多的同性伙伴和臣民，你压根儿就不知道孤独是什么滋味。可以这么说，你是从巅峰跌到了谷底，从云端掉进了深渊。这种巨大的落差像一架沉重的石磨在碾磨你的心，你觉得这样活着比死更痛苦。你突然明白八年前当你登上鹿王宝座，被赶下台的老鹿王为什么会在短短的十天时间内就像衰老了十岁，还不到一个月就被死神剥夺了生命，前任老鹿王其实是自己投奔死神的，你想，对被废黜的鹿王来说，死亡是最好的解脱。你靠着要和老狼殊死拼斗这样的信念支撑着，才勉强保持住心理平衡，没想到要去自杀。

在一切变化中最富有戏剧性的变化要数艾莉了。仅仅隔了一夜，它就投进了杰米的怀抱，成为新鹿王的宠妃。它的立场转变得如此迅速彻底，你看不出有丝毫感情上的障碍。就在你被赶下台的翌日清晨，艾莉当着你

的面，同杰米耳鬓厮磨，在草原上追逐嬉戏，俨然一对久别重逢的爱侣。你嫉妒得牙龈发酸，却也无可奈何。鹿就是鹿，永远无法和高级动物——人类相媲美。你知道，在鹿群社会里，既没有婚姻契约也没有道德法庭，鹿的爱情观就是汰劣留良的优生原则；母鹿按照大自然适者生存的进化规律，期望同最高、最大、最健壮、最勇敢的公鹿交配，以保证自己产下具有最强生存能力和竞争能力的后代。这虽然无情无义，却符合物竞天择的最高原则，有利于整个种族的生存和繁衍。因此，亘古至今马鹿都遵循这种原始的、自然的爱情观。艾莉虽然是王后，也无法摆脱这种卑劣的天性。你虽然嫉妒，却也能理解和容忍艾莉的背叛行为。

你已经是被无情淘汰了的鹿王呀，你只能眼睁睁望着艾莉同杰米交颈亲热。你在失去王位的痛苦中又增加了一层失恋的痛苦，这无疑是雪上加霜。

你极其痛苦地度过了七天。

那天半夜,你在睡梦中依稀听到草原深处传来几声凄厉的狼嚎。你惊醒了。唔,距离上次老狼叼走怀孕的母鹿安娜已经十一天了,老狼又该像幽灵般地出现了。也许是明天,也许是后天,它必然会像灾星一样闯入鹿群的。你突然激动得浑身战栗,你终于快等来那个庄严的时刻了,你的理想就要实现,或者说,你的痛苦就要结束了。在同老狼的决斗中,不管你是成功还是失败,你都要死的,在即将告别这个世界的时候,你突然产生一种无法遏制的激情,一种想要和艾莉重温旧情的冲动。

是的,你忍受了艾莉对你的遗弃,但却无法割断自己对艾莉的爱。艾莉长得太美了,它脖颈颀长,腰身苗条,体态轻盈,双眸明亮,四蹄富有弹性,奔跑起来有一种青春的活力,金红色的皮毛上泛动着华丽的光泽,

腹部雪白，散发着一股温馨的体香，你太爱它了。你觉得它身上有一种奇特的魅力，和它待在一起，就像拥抱着太阳一样，浑身充满火热的激情，充满无穷的力量。你渴望自己在和老狼决斗前能再次得到它的青睐，这样你就死而无憾了。

中午，你终于等到了单独和艾莉相处的机会。杰米卧在树荫下憩息，鹿群懒洋洋地散布在小树林里，艾莉调皮地追逐着一对金凤蝶。蝴蝶飞出小树林，绕到一块巨大的扇形岩石后面去了，它蹦蹦跳跳追了过去。这真是个千载难逢的好机会，你立刻站起来，悄悄跟过去。岩石背后静得出奇，连阳光喷射和流动的声音都听得见。

你一出现，艾莉就停止了追扑蝴蝶的游戏，用一种遥远而陌生的充满戒备和敌意的目光望着你。

艾莉，你别这样看着我，我是哈克，是和你曾经相亲相爱了整整三年的哈克呀！你不会认不出我的。来吧，艾莉，我爱你。

艾莉惊慌地倒退了一步。

噢，艾莉，我晓得，你是害怕杰米会发现你同我相会；你害怕杰米发现后会用后蹄踢你，用角架折磨你。亲爱的艾莉，别害怕，你瞧，扇形岩石是一块天然屏风，挡住了杰米的视线。你放心好了，没有哪头鹿会发现我们的秘密。来吧，艾莉。你热情而又焦急地呼唤着。

艾莉突然勾起右前蹄，押直脖颈，抬起下巴。你很熟悉艾莉这个典型动作，它是在出示黄牌警告，是在向你发最后通牒，假如你胆敢再靠近它一步，它就要向杰米、向整个鹿群发出求救的呼叫。

你一阵寒心，但你还是不相信艾莉会在短短的七天里把你们一千天的恩爱遗忘干净。你希望这是它同你开

的一个玩笑。

艾莉，我在和杰米对峙时不战自败，你该看出其中蹊跷的；别的鹿不理解我，你总该理解我的，我哈克从来就不缺乏打架的勇气。我是为了积蓄力量同该死的老狼决斗，所以才放弃王位的。艾莉，你不要摇头，你不要用鄙夷的眼光看我，我不是在编造谎言掩饰我的怯懦。艾莉，你不用惊慌，我不会对你提出非分的要求，我只是想让你用温柔又多情的眼光看看我，我只是想静静地依偎在你的身边，在宝石蓝的天空、柳絮般的白云和灿烂的阳光下重温一遍属于你和我的玫瑰色的旧梦。艾莉，老狼很快就要出现，我剩下的时间不多了，这是我和你单独相处的最后一个机会了。来吧，艾莉，你是感情无限丰富的母鹿，你并不缺乏温柔多情的眼光，你也不是吝啬鬼，对你来说，慷慨地施舍给我一点儿你最富余的东西，是轻而易举的。但你知道吗，艾莉，你的眼光却对我具有极其重要的价值，能使我在血腥的狼牙下脚步更坚定，能使我在尖利的狼爪下动作更敏捷，你的爱情能使我战胜孤独和怯懦，能帮我战胜食草类动物卑怯的天性，创造出奇迹来。

你鹿眼里噙着泪花，又向艾莉跨进了一步。

"呦——呦——"

艾莉突然吼叫起来，叫声尖细而短促，十分刺耳，含有明显的愤慨、鄙视和厌恶，就像它遇到了什么意外和不幸，向同类发出求救的信号。你惊呆了。叫声划破了山林的寂静，整个鹿群霎时骚动起来，杰米第一个奔到扇形岩石后面来。紧接着，整个鹿群团团把你围住。你看见，艾莉垂着脑袋，摇着那条又粗又短的尾巴，显出一副无限伤心、无限委屈的样子，迎着杰米走去，走到它面前，仰起脸来，目光凄楚，用鹿鼻轻轻摩挲着杰米粗壮的脖子。你太熟悉艾莉这副表情了，你知道它是

在向杰米告状诉苦,怂恿杰米来教训你。果然,杰米愤怒地咆哮一声,朝你亮出那架八叉大角。立刻,整个鹿群也都朝你"嗷嗷"怪叫,好像在开公审大会,你就是胆敢犯上作乱的贼,是活该受到惩罚的罪犯!

你先是惶惑,继而产生一种刀绞般的心痛。你为解除鹿群的生存危机牺牲了荣誉,忍辱负重,但鹿群中有谁会理解你,同情你,体谅你的苦心呢?连最心爱的艾莉都把你当作懦夫和骗子。它们在尽情地嘲笑你,在奚落你,在咒骂你。你有什么必要为了它们去和老狼决斗呢?你突然觉得自己压根儿就错了,是天底下最可怜的傻瓜和笨蛋,竟然会为了一个虚无缥缈、可能永远也无法实现的理想,抛却了现实利益。让老狼像幽灵一般出没于鹿群好了,让老狼把它们一个个叼走,直到把整个鹿群都吃光好了,反正等不到这一天你就会死去。死后万事皆空,不管鹿群是繁荣还是毁灭你都看不见了,你只要在自己活着的时候过得痛快就行。你也犯不着为老狼血腥的杀戮感到内疚，狼吃鹿是天理，你有什么法子呢？现在，你后悔还来得及。你虽然衰老了，但还积蓄着一股本来要用来对付老狼的力量，管它老狼不老狼的了，用这点儿力量来对付杰米。你要用绝招挑瞎杰米的眼，重新登上鹿王的宝座。你完全有把握做到这一点。当你重新成为鹿王后，刚才还对你厌恶得要死的艾莉又会对你百般温存，向你献媚邀宠，刚才还在嘲笑你的鹿群又会向你俯首称臣。在鹿群社会里，它们只知道向权贵顶礼膜拜，不知道尊重理想。在普通的鹿的眼睛里，理想还不如一把青草值钱。既然如此，让理想见鬼去吧，你要夺回本来就属于你的权力和尊贵！

你将磨得锋利无比的琥珀色的鹿角对准杰米的眼睛，一步一步朝它逼近。

突然间，你眼前出现了安娜端庄娴静的倩影。安娜

就是十一天前被老狼吃掉的母鹿。安娜还魂了,它在云端,在水塘,在草原深处,用责备的眼光望着你。那不是幻觉,而是十一天前悲惨又恐怖的情景的再现。

安娜腆着圆鼓鼓的肚子,脸上闪耀着母性温柔的光辉,幸福地躺卧在草地上。它临产了,腹部一阵阵收缩抽搐,宫口慢慢开启,鹿羔金黄的毛茸茸的可爱的小脑袋钻出了母体。就在小生命即将分娩的时刻,老狼出现了。安娜无力奔跑,很快被老狼攫住。当老狼血淋淋的爪子扑到安娜肚皮上时,它发出一声哀叫,将脖子扭过来护住肚皮,把柔软的喉管暴露在尖利的狼牙下。那时你刚巧离安娜不远,把一切都看得清清楚楚。安娜并不傻,它绝对知道喉管是自己身上最致命的地方,一旦被咬断,血浆就会涌流,生命就会停息。出于一种自然的本能,任何鹿在遭受猛兽袭击时,最注意防卫和保护的就是自己脆弱的喉管。但安娜违背了鹿的本能,安娜的哀叫也很特别，委婉而动听，与其说是在痛苦地哀叫，还不如说是在哀求。你明白，安娜是在向老狼乞求，求它咬断自己的喉管，饱饮自己的血浆，从而发发慈悲，放掉自己肚子里的小生命。对安娜来说，即将出生的鹿羔比自己的生命重要多了，所以它才会违背强烈的本能，把美丽的脖子护在圆鼓鼓的肚皮上。多么伟大崇高而又无私的母爱啊！

你也知道，老狼是绝不会发慈悲的。狼不是菩萨。对老狼来说，安娜和它肚子里的鹿羔都是美味可口的晚餐。但起码老狼可以做到这一点，即先咬断送到嘴边的安娜的喉管，再处置在母胎里躁动的鹿羔。对老狼来说，这无非是颠倒一下吃的顺序而已，但对安娜来说，无疑却是极大的宽慰，可以满足它作为母亲的愿望，满足它天真的梦想，减轻它死亡的痛苦。但可恶的老狼连这点虚伪的怜悯也不肯施舍，它龇着牙，用脑袋顶开安娜的

脖子，一口咬开安娜圆鼓鼓的肚皮。你看见老狼皱纹纵横的脸上露出一丝邪恶的狞笑，你明白它是在故意施虐。它伸出血红的比锉刀还粗糙的狼舌，在已钻出母体的鹿羔稚嫩的小脑袋上来回蹭动，鹿羔发出尖细微弱的呻吟。安娜撕心裂肺地惨叫起来，再一次把自己的脖子扭到尾部护在鹿羔的小脑袋上；安娜的眼光已彻底绝望，它不再幻想用自己的生命来换取鹿羔的生存，它明白自己和孩子都不免要葬身狼腹，它只是想自己死在前面，这样，就看不见孩子遭受狼的折磨了。但老狼又一次用狼头将安娜的脖子挪移开。老狼在笑，老狼用爪子抠掉鹿羔的眼珠子，又用狼牙咬下鹿羔的鼻子，它在肆意地嘲笑、践踏和蹂躏神圣的母爱！

你看见安娜把求救的眼光投向你。你垂下脑袋，避开它的视线，你没有力量去救它和它的孩子。于是，安娜仰起脖子凝望着天空。它还没有死，眼光却变得冰凉。它是在向苍天祈祷，假如生命有轮回，假如存在第二次投生的话，它再也不愿做一只任狼宰割的鹿了。在生命的最后时刻，它对自己的种群丧失了信心，它为自己是一头鹿感到羞愧和懊丧。安娜这种表情持续到终于被老狼咬断了脖子。

你的心被刺痛了。你是鹿王，你当然应该让生活在自己王国中的每一头鹿都为自己是一头鹿，都为自己是种群中的一分子而感到自豪。就在那一刻，你萌生出要和老狼拼死一战的念头。

难道为了虚荣的王位，为了轻佻的艾莉，你就忍心让安娜的悲剧重演吗？你就要放弃自己的理想吗？你就忍心看着自己的臣民永远为自己是一头鹿而自轻自贱、自卑自叹、自暴自弃吗？

不，不，不——

就在琥珀色的锋利的鹿角快刺到杰米的眼睑时，你

再一次临阵退缩了。杰米追撵过来,用八叉大角挑破了你的屁股,你都没有还手。

五

老狼终于来了。

老狼是踏着如血的残阳闯进鹿群的。虽然你心里早有准备,虽然你朝思暮想要同老狼决一死战,但一望见老狼那贪婪的双眼,你还是头发昏,眼发花,双腿发软,浑身战栗。鹿的怯懦的本性,是不以你的意志为转移的。开始,当整个鹿群溃逃时,你还在心里嘲笑杰米逃得最快。你没逃,你伫立在草地上迎面对着老狼,但当老狼扑到离你十米远时,它身上那股食肉动物特有的臊臭,它嘴里那股血腥的气流,把你的勇气吞噬了。你转身随着鹿群奔逃。不能逃,你在心里告诫自己,你放弃了王位,你忍受了屈辱,不就是为了同老狼面对面地较量吗?假如今天你不把复仇的决心付诸行动,等不到老狼再次出现,你肯定就已经老死在草原上了。对你来说,这是最后的机会了。停止奔逃,转过身去,勇敢地将琥珀色的鹿角对准老狼!你命令自己。但没有用,你的四肢已不受理智的支配。在潜意识里你是畏惧狼的,你是珍惜生命的,哪怕只能苟活一天了,你还是不愿意被老狼咬断喉管。

你凭着这几天积蓄下来的体力,凭着十多年鹿的生涯养成的娴熟的奔逃技巧,很快把老狼甩在了后面。老狼开始还把你当作它的追逐目标,现在看来撵不上你了,就转移了目标,盯着一头白唇母鹿和一头才两个月的鹿崽追去。

你摆脱了生命危险,停下来观看。

鹿崽年幼体弱,越跑越慢;白唇母鹿护着鹿崽,渐渐脱离了鹿群。它们和老狼的距离越来越短了。

突然,白唇母鹿带着鹿崽慌慌张张地朝一条山谷逃去。你急得"嗷嗷"直叫,那是一条死路,进了山谷,三面都是绝壁,无处可以逃生。白唇母鹿也许是吓昏了,也许是过分紧张了,竟然没有听到你的呼叫,护着鹿崽拼命朝山谷钻去。

哈克呀哈克,难道你要让母死子亡的悲剧又一次在你眼皮底下重演吗?难道你要让饥饿的老狼用鹿肉填饱肚皮,用鹿血补足力气之后才同它决战吗?突然间,你的勇气神秘地恢复了,你不顾一切地扬开四蹄,朝山谷奔去。

就在白唇母鹿和鹿崽即将被老狼赶进死亡山谷的瞬间,你及时赶到了。真悬哪,老狼的舌头已快舔到鹿崽的尾巴了。你勾着头用鹿角狠狠地向老狼撞去。老狼收敛脚步,你撞了个空。你横在鹿崽和老狼中间。老狼分了神,扔下白唇母鹿和鹿崽,朝你扑来。

白唇母鹿趁机护着鹿崽拐了个弯,窜出山谷,逃向茫茫无际的尕玛儿草原。你衷心祝贺它们从狼爪下逃生,从此过上安宁幸福的日子。你目送着白唇母鹿跑远,你希望它能回转身来用感激的眼光望你一眼,是你舍生救了它和它心爱的鹿崽,你希望它能理解这一点。但白唇母鹿始终没有回头看你,也许,它会以为是它和鹿崽命大福大,所以才能奇迹般地从狼爪下逃脱;也许更糟糕,它会以为你老糊涂了,才跑来送死。白唇母鹿和鹿崽跑得无影无踪,你心里一阵伤感。但你冷静一想,这种伤感其实是多余的。你反正要死了,不是被老狼咬死,就是和老狼同归于尽,白唇母鹿是否感激你,是否理解你,还有什么意义?

老狼龇牙咧嘴地朝你逼近,你一步步后退,一直

退到绝壁下。你发现老狼并未认真朝你扑咬,虽然它也朝你挥舞狼爪,朝你气势汹汹地嚎叫,朝你喷吐着血腥的气息,但它并没动真格的。你开始还有点儿纳闷,但想想就明白了,老狼是在对你实行威慑战术。它想使用恫吓的手段摧毁你鹿的意志、鹿的胆量、鹿的气概,它想用食肉动物的臊臭和狼的血腥气息把你吓瘫成一团稀泥,放弃抵抗,暴露出怯懦的鹿的天性!老狼的算盘算是打错了。诚然,你是马鹿,你改不掉自己食草动物怯懦的天性,但你现在是站在死亡山谷的底端,三面绝壁,后没有退路,前没有出路,既没有同伴可以求救,也没有下跪求生的任何可能。狼是绝不可能对你发慈悲的。假如此刻你面前出现一条可以逃生的路,即使生的希望十分渺茫,老狼的威慑战术也许就会得逞,把你吓成一摊泥,然后掉头逃窜。害怕是因为还存在着求生的可能。但你现在已身处绝境,已必死无疑,你反而不害怕了。怕也没用，还不如挺直腰杆，拼死一斗呢。

你又想到老狼之所以要对你实行威慑战术的第二层原因。假如此刻站在老狼面前的不是你鹿王哈克，而是一头没有任何反抗意识的母鹿，或者是没有任何防卫能力的鹿崽，老狼还用得着煞费苦心地装腔作势吗？它早就扑上来把母鹿或鹿崽撕成碎片了！它已饿得肚皮贴着脊梁，饿得口水直流，饿得早就等不及了。因为你是大公鹿，因为你头上长着一对可作武器的锐利的鹿角，所以它才会忍着饥饿，对你采取恫吓的手段。它要摧毁你的抵抗意识，是因为它畏惧你的抵抗！它之所以要对你实行威慑战术，是因为它没有把握干净利索地一口把你咬死！想到这里，你变得很兴奋，平添了不少勇气和力量。

老狼继续张牙舞爪。你看见，老狼的眼光变得迷惘，透露出内心的顾虑，它大概从来没遇到过胆敢反抗

到底的食草动物。渐渐的，老狼的眼光变得凶暴，充满杀机，它终于等得不耐烦了，要对你动真格的了。

老狼尖利的爪、犀利的牙毕竟不是玩具和摆设，它灵巧地绕开你琥珀色的鹿角，一次又一次向你扑咬。你竭力躲避着，用锋利的鹿角还击着。但在快捷如风的狼的攻击下，你的动作显得那么笨拙，刚防着左翼，老狼已跳到了右侧，刚顾着前面，老狼已窜到了身后。你高大的身躯成为一种累赘，不但鹿角一次也没刺中老狼，自己的脊背、腹部和后肢已被老狼的爪子撕开了十多条血痕。你只能左右摇晃着角架，护住脖子，不让老狼咬到你的喉管。于是，你把身体其余部位暴露出来了。

突然，老狼长嚎一声，纵声一跃，扑到你背上，爪子像铁钉一样钉进你的鹿皮和肌肉。你竭力跳跃颠簸，想把老狼从背上甩下来，但老狼像条蚂蟥一样紧紧地、稳稳地趴在你的脊梁上,怎么也甩不掉。猛地,你觉得臀部一阵剧痛,你听见自己的鹿皮被狼牙咬破、肌肉被狼牙嚼碎的"嚓嚓"声,听见血液从伤口流出来的潺潺声。碧绿的草地上洒下一串鹿血,像红罂粟。你发疯般地狂蹦乱颠,但根本没用,狼牙已触及你的后腿骨,发出"嘎嘎"的啃咬骨头的噪音。

你一阵昏眩。你是本性善良的鹿,还不习惯这种野蛮的血腥的拼斗,你脆弱的神经支持不住了,伤口的疼痛也难以忍受。你觉得自己无论如何也不是老狼的对手,抵抗是徒劳的,反正迟早要被老狼吃掉的,何必受这份折磨呢?垂下鹿角吧,让老狼一口咬断喉管吧,这样也好少受些罪。你想,鹿吃草,狼吃鹿,那是天意,你纵然是鹿王,也不能违背天意。让老狼一口咬断喉管吧,这不是耻辱,这是顺应天理。但天理果真不可违背吗?命运果真不可抗拒吗?天理和命运最终最坏的结果

无非也就是一死。你突然恢复了鹿王倔强的脾性，反正自己是死定了，就是要和天理命运争斗一番！

你忍住剧疼，观察四周地形。你看见左侧不远有一片密密匝匝的灌木丛，荆棘纵横，毒藤纠缠，布满了一根根鱼钩似的倒刺。你有了主意，你驮着老狼奔向灌木丛，一头钻了进去。毒藤上的倒钩划破了你的鼻子和脸，也同样刺进了狼皮。你听见老狼发出一声呻吟，"咕咚"一声，从你背上摔了下来。

你和老狼又恢复了对峙的局面。

在老狼连续猛烈的扑咬下，你渐渐抵挡不住了，你遍体鳞伤，臀部已露出骨头，血液流失过多。你本来就是一头衰老的鹿，经过如此一番苦斗，有限的精力和体力已所剩无几了。你支持不了多久，就会精疲力竭地瘫倒在地，不能再这样跟老狼耗下去了，该想个办法。你是智慧出众的鹿王，你应当运用你的智慧来克敌制胜，你想。

你一面费力地支起角架抵挡老狼的扑咬,一面开动脑筋。蓦地,一个绝妙的主意在你的脑子里闪现出来。你瞅准右面绝壁前有一道一尺来高的石坎,可以利用,就装作溃败的样子,朝石坎退去。退到石坎前,你等到老狼绕到你左侧咬你后腿时,扭身拔腿就跑。你当然逃不出狼口,你才逃出两步,便被老狼一口叼住后腿。于是你哀叫一声,显出极度衰竭、极度惊骇的模样,瘫倒在石坎边。你的喉管、脸和四蹄,正好埋进石坎和地面形成的夹角里。那是一个老狼无法咬到的死角。你侧身躺在地上,鹿角向外。老狼扑到你身上,撕咬你的肚皮,撕咬你的肩胛,撕咬你的后颈窝。你似乎已失去了反抗能力,老狼每在你身上咬一口,你的四蹄便一阵抽搐。你忍住火辣辣的疼痛,最后连抽搐也停止了。这时,你的四肢弯曲到一个最佳角度,四蹄紧紧蹬在石坎

上，身体紧凑地弓了起来。

假如这时老狼先咬开你的肚皮，先吞吃你的五脏六腑，那么你的计谋就流产了。但老狼出于残忍的本性，也可能由于它苦斗后嘴干舌燥，急着想咬开你的喉管，吮吸鹿血解渴，也可能是因为它怕你死亡时间过长，血液会凝固，它竟然来不及仔细观察你是否真的气绝身亡了。它在你身上胡乱撕咬了一通之后，便叼着你的后颈窝，想把你拖离石坎，这样就能咬开你喉管了。你凝神屏息，躺在地上一动不动。你感觉到你的鹿角碰触到了坚硬的狼头、瘦骨嶙峋的狼背。突然，在老狼的又一次拖拉中，你的角尖碰触到柔软的狼腹，你感觉到了狼心在扑扑跳动。你憋足劲，弯曲的四肢狠命在石坎上一蹬，脑袋向上一仰。你的鹿角早已在岩石上磨得锋利无比，只听见"噗"的一声怪响，鹿角已刺进温热的狼腹，又黏又稠的狼血顺着你的角架漫流出来。

老狼惨叫一声,想跳开,已经来不及了。你把仅剩的那点精力和体力都凝聚在这致命的一击上,动作利索干净,快如闪电。等老狼明白自己上当了,你已翻身站起来,鹿角挑着老狼,冲到绝壁下,把老狼抵在岩石上。

你的鹿角深深扎进狼腹,血流如注,老狼的脊梁贴在岩石上,整个身体无法动弹,四足乱抓,凄声长嗥。狼爪刚刚够得着你的脸,狼牙刚刚咬得着你的耳朵。老狼疯咬狂抓,你的一只眼睛被狼爪抠瞎了,一只耳朵被狼牙咬掉了,脸上血肉模糊,但你的四肢仍然绷得笔直,岿然不动。你丝毫也不敢松劲,你晓得只要稍一松劲,老狼便会蹿起来作垂死反扑。

终于,老狼停止了嗥叫,也停止了徒劳的抓咬,它瞪着一双充满仇恨的眼睛静静地看了你一会儿,突然脑袋一仄,垂了下去,狼眼也渐渐失去了残忍的光芒,翻起两只白眼,它的整个身体也都瘫软下来。

哈,你欣喜如狂,你战胜了凶残的老狼。老狼死了,你还活着。其实老狼的生命力并没你想象得那样强健,那样不可战胜。你用智慧创造了奇迹。现在,你该去追赶你的鹿群了。你要把鹿群引到这条山谷里来,让它们看看你是怎样战胜恶狼的。毫无疑问,杰米会在死狼面前发抖,乖乖交出王位;艾莉也会重新投入你的怀抱。你虽然满身血污,满身伤痕,却比过去更威风了。你将问心无愧地重新享受着鹿王的荣誉和尊贵!你退后一步,从狼腹里抽出犀利的鹿角。琥珀色的鹿角被狼血染成紫红。

老狼从岩石上沉重地掉落在地,你看见,狼腹上露出两只深深的窟窿,汩汩冒着血花。转眼间,血窟窿里流出两截肠子,滑到地上。你仰起头来,对着蔚蓝的苍穹,向着玫瑰色的云霞,引颈长啸。

"呦——呦呦——"

这是胜利者的欢笑,你陶醉了。

突然,你感觉到一个褐色的东西从地上蹦起来,扑向你裸露的颈窝。这是幻觉,你想,但脖颈却传来一阵刺痛。是老狼咬住了你的喉管,你想。但这怎么可能呢?老狼已经眼珠子翻白,被你扎死了呀!莫非老狼还魂了不成?你望望石坎底下,老狼的尸体不见了,它正吊在你脖子上。你这才清醒过来,自己被胜利冲昏了头脑,太麻痹大意了。老狼没死,它刚才是装死。你有你鹿王的智慧,老狼也有老狼的狡猾。你犯了轻敌的错误,老狼其实比你想象得更顽强、更凶悍,哪怕肠子流了一地,只要还有一口气、一滴血,它仍然要以死相拼。

你后悔了,但后悔已经晚了。你听到自己的颈窝处传来喉管被狼牙咬断的脆响,你看见热血飞溅出来。你再也无力站立,浑身瘫软,四肢一曲,卧倒在地。你和老狼的身体同时慢慢地冷却了。暮色沉沉,把一切都遮盖住,山谷恢复了死一般的寂静。

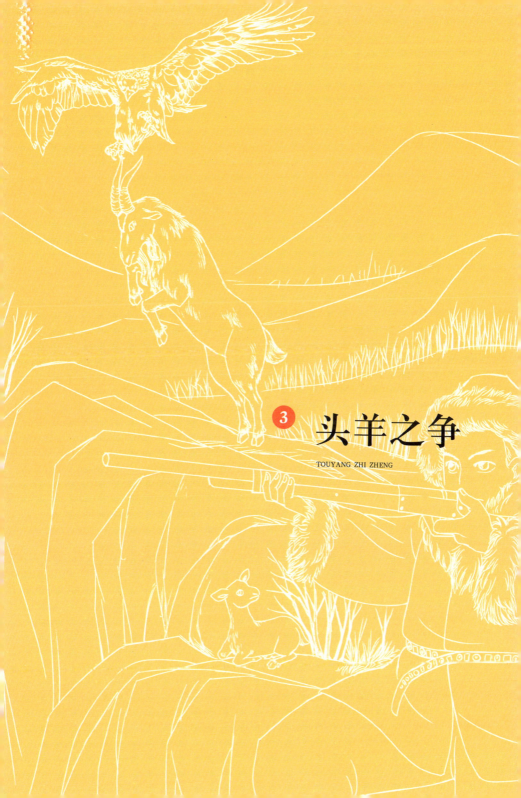

3 头羊之争
TOUYANG ZHI ZHENG

羊群的老头羊年事太高，有一次走在陡坡上，一脚踩滑，摔死了。凡当过羊倌的人都知道，羊群必须要有一只头羊，统率臣民，不然的话，它们就会失去主心骨，变成一盘散沙。

我负责放牧这群山羊已有两年，对每只羊的秉性了如指掌。我想，这新头羊宝座的争夺战，一定会在白镰刀和黑丝瓜间展开。白镰刀头上的两支羊角色泽乳白，扁扁弯弯像把镰刀；黑丝瓜头上的角墨黑如玉，扭得像根丝瓜。它们都是四岁的大公羊，身强体壮，野心勃勃。

老头羊死后的第三天早晨，白镰刀和黑丝瓜之间就爆发了争斗。两只公羊面对面站在黑鹰岭山腰一块平缓的草地上，先是摇晃羊角，发出粗鲁的咩叫，试图用炫耀武力来吓倒对方，这一招不管用后，他们就开始动真格的了。他们各自往后退了几步，勾着头，平举着羊角，用力撞击对方。好一场鏖战，乒乒乓乓，羊角与羊角的撞击声在山谷回荡，地上扬起一团团尘土。白镰刀的眼角被挑破了，血流满面，黑丝瓜的脖子也受了伤，白羊毛染成了红羊毛。其他六十多只羊都平静地站在一旁观战。我知道它们在等待着白镰刀和黑丝瓜之间决出胜负，然后用羊群特有的仪式将获胜者拥戴为新头羊。我正在离羊群两百来米远的一棵树下看书，早料到这场头羊之争是免不了的，也就听之任之，不去横加干涉。只有不懂事的牧羊狗阿甲，在两只打得难分难解的大公

羊身边"汪汪"咆哮，徒劳地劝架。

就在这时，突然，山顶传来"咩——咩——咩——"急促的羊叫声，山坡上观战的羊都仰头张望，我也向叫声看去。不好，原来是一只金雕正在袭击一只名叫红蹄子的小羊羔。金雕在鸟类中的地位，类似走兽中的老虎，天之骄子，凶猛无比，我曾亲眼看见过一只金雕将一条长约三米、重四五十斤的蟒蛇擒上天空。淘气贪玩、独自跑到山顶上去的红蹄子被吓软了腿，卧在山顶的悬崖边缘，已不记得在这种时候应钻进灌木丛去躲避了。

金雕撑开一米多长的巨大双翼，像飞机放下起落架似的伸出两只黑色利爪，瞄准红蹄子滑翔下来。我赶紧扔了书，举起猎枪开了一枪。我的枪法实在太差劲，隔得又远，子弹送给白云了。我使用的是那种打一枪就要装填一次火药和铁砂的老式铜炮枪，来不及抢在金雕抓住红蹄子之前再开第二枪，我想，今天绝对是要破财的了。

就在整个羊群的注意力都被金雕吸引，仰望山顶时，白镰刀和黑丝瓜也停止格斗，跟着众羊的视线朝那儿瞭望，但随即，它们又开始用羊角猛烈撞击起来。也许它们都害怕自己一旦分心走神，对方就会趁机杀过来把自己打败；也许它们认定，成为金雕捕捉目标的红蹄子难逃厄运必死无疑，一切想要拯救红蹄子的举动均属徒劳无益；也许它们觉得，自己正在进行的头羊宝座争夺战是关系到羊群盛衰的千秋大业，不该被任何事情所干扰；也许它们打心眼里认为，自己能否坐上头羊这把交椅，比起一只普通小羊羔的生命来不知重要多少倍；也许它们作为动物界中的雄性，本质上就醉心于社会地位的角逐，热衷于权力之争而无暇顾及其他。反正，它们只是匆匆向山顶瞥了一眼，又继续打了起来。

牧羊狗阿甲哀哀地吠叫着,逃到我身边,它知道自己不是金雕的对手,干脆就不到山顶去凑热闹了。

眼瞅着金雕的利爪就要落到红蹄子柔嫩的背上,突然,羊群里窜出一道白影,迅速朝山顶跳跃而去,速度之快,就像一道白色的闪电。一眨眼,它已登上山顶,我这才看清,是公羊二肉髯!这是一只除了颌下有一抹胡须以外,喉下还长着一撮胡须的公羊,所以我给它起名叫二肉髯。二肉髯在羊群中属于不起眼的角色,既不出类拔萃,也不是窝囊废,个头中等,体力中等,智商中等,两支羊角的长度和色泽也算中不溜。这时,金雕爪子离红蹄子只有五六米远了,二肉髯纵身一跃,越过红蹄子,然后突然直立起来,身体拼命蹿高,两支羊角像一把铁叉,向天空刺去。金雕刚好飞临它的头顶,羊角刺在鹰爪上,虽没能给金雕造成实质性的伤害,却迫使它暂时放弃了攻击红蹄子,一偏翅膀飞走了。

我手忙脚乱地往枪管里塞着火药和铁砂。

红蹄子的母亲灰额头和另外几只母羊急急忙忙奔到山顶，用头将红蹄子从地上拱起来，并团团簇拥着这只已吓得魂飞魄散的小羊羔，朝灌木丛退去。

金雕在空中兜了一圈，选准角度，又俯冲下来。二肉膊本来已差不多钻进了灌木丛，望望还暴露在空旷山顶的红蹄子和几只母羊，又折回悬崖边缘，昂首伫立着。我心里很清楚，我想羊们的心里也一定很清楚，二肉膊这是在引火烧身。

果然，恼羞成怒的金雕朝二肉膊俯冲下来，就在雕爪落在羊背的一瞬间，二肉膊就地打了个滚，羊的动作毕竟不如雕那么敏捷，虽然没被铁钩似的雕爪刺进羊背抓上天空，却也被活生生拔掉了一大把羊毛。二肉膊仰面朝天躺在地上，四只羊蹄拼命踢蹬，令雕爪在空中犹犹豫豫地不敢抓下去。

这时，我已往猎枪里灌好了火药和铁砂，我沉住气，举枪瞄准，"砰"的一声，天空飘舞起好几片金色的雕羽。金雕抖了抖翅膀，沉到低空，又顽强地拔高，歪歪斜斜地飞远了，消失在一片金色的朝阳里。

灰额头带着红蹄子从灌木丛里走出来，走到二肉髯身边，不断地舔着二肉髯受伤的背，并发出高昂的咩叫声。紧接着，几乎所有的公羊、母羊和小羊都跑到山顶，围在二肉髯身边，舔着它的身体，发出一阵阵欢呼声。连牧羊狗阿甲也使劲朝二肉髯摇着尾巴。

我很熟悉羊群的这套仪式，是在庆祝新头羊的登基。

山坡下，正打得难分难舍的白镰刀和黑丝瓜听到众羊的欢呼，怔了怔，知趣地停止了争斗，各自钻进草丛吃草去了。

头羊之争半途而废，这在我所放牧的羊群里还是头一次。

一

我是因为看不惯残忍的杀戮,才出手救了麻子猴王。

那天清晨,我和藏族向导强巴划着一条独木舟,在怒江边游弋,想找几只江鸥蛋改善生活。突然,江边一座名叫猿岭的山崖上,传来"呦呦呀呀"猴子的尖啸声,透出让人心悸的恐怖,一听就知道发生了不同寻常的事。我赶紧让强巴将独木舟停下来,举起随身携带的望远镜。哦，正是我已经跟踪观察了半个月的那群滇金丝猴，它们聚集在陡岩上。

一只我给它起名叫黑披风的雄猴，正搂着褐尾巴雌猴的腰，强行调笑。褐尾巴拼命挣扎，发出凄厉的呼救声。坐在二十米开外一块巨大的蛤蟆形磐石上的猴王毛发竖起，龇牙咧嘴，大声咆哮。

滇金丝猴俗称反鼻猴、仰鼻猴、黑猴，生活在高黎贡山靠近雪线的针叶林带，是我国特有的珍稀动物。滇金丝猴喜群居，每群达百只左右。我野外考察的重点科研内容之一，就是揭开金丝猴群社会结构之谜。我几乎每天都用望远镜对这群金丝猴进行长时间的观察，对猴群的生活习性、权力构成及几只头面"人物"的基本情况已有了一个粗略的了解。

统治这群金丝猴的是一只颈下长着灰白毛丛的老年雄猴，脸上布满紫色斑点，我给它起了个诨名叫"麻

子猴王"。褐尾巴臀毛油亮,年轻漂亮,是麻子猴王最宠爱的王妃。黑披风背毛厚密,就像披了一件黑色的大氅,是这群金丝猴的"二王",地位仅次于麻子猴王。

我早就注意到,黑披风野心勃勃,一直想搞政变,自己当猴王。这家伙比麻子猴王年轻几岁,年富力强,头顶的毛发高高耸起,就像戴着一顶漂亮的皇冠,天生就像当猴王的料。五天前我在望远镜里看见这样一幕:黑披风在一棵树上找到一个蜂窝,按照惯例,猴群里无论谁找到了香甜可口的蜂蜜,都应当首先进贡给麻子猴王,这是臣民的义务,也是猴王的特权。但黑披风非但没把蜂蜜献给麻子猴王,也不躲进茂密的树冠偷偷享用,而是抱着蜂蜜跳到麻子猴王对面的那棵树上,"嘎叽嘎叽"毫不避讳地大嚼起来。蜂蜜扑鼻的醇香随风飘进麻子猴王的鼻孔,响亮的进食声也毫无疑问钻入麻子猴王的耳朵。照理说，遇上这种人逆不道的行为，猴王必定要兴师问罪，抢夺蜂蜜，并给予严厉的惩处。但我发现，麻子猴王在看到黑披风大嚼蜂蜜的一瞬间，颈毛"唰"地一下竖立起来，一副怒发冲冠的模样。但一秒钟后，竖立的颈毛就像花谢花落一般地闭合起来，脸上的愤怒转换成一种无可奈何的表情，眼神一片忧伤。黑披风越发张狂，吃得手舞足蹈，还吸引了好几只嘴馋的雌猴，围在它身边伸手乞讨。这等于是在和猴王争面子，抢风头，唱对台戏。我看见，麻子猴王转过头去，装出一副什么也没看见的样子，过了一会，它索性垂头弯腰缩着肩膀，打起了瞌睡。只是每隔几秒钟，它的身体便控制不住地一阵颤抖，显示它内心极度的愤懑与悲哀。

识时务者为俊杰，麻子猴王算是聪明的，晓得自己年老力衰，不愿为区区一点儿蜂蜜而去冒丢失王位的

风险。

但此时此刻,猿岭上发生的事情,已经不是普通的冒犯,而是一种明目张胆的挑衅。当着你的面调戏你最宠爱的王妃,你还能装聋作哑吗?如果麻子猴王默认了这种侵犯,就等于丧尽了尊严,必然威信扫地。任何一个还有点儿血性的雄猴,都无法容忍这种奇耻大辱,更何况心高气傲的猴王。

果然,麻子猴王咆哮着从岩石上跳下来,一场王位争夺战爆发了。

"唉,这两只雄猴,今天肯定有一只要死掉了!"藏族向导强巴叹了口气说。

无论是文献记载还是目击者的陈述,都强调这样一个事实:猴群每一次王位更替,都伴随着一场残酷的杀戮,不是挑战者死于非命,就是老猴王驾崩归天。政权就是生命,权力之争好比水火之争,永远也不可调和。

黑披风放开褐尾巴，狞笑着前来迎战麻子猴王。

按照传统习惯，其他猴子都默不作声地散落在四周，作壁上观，或者说坐山观虎斗。要等到胜负已成定局时，众猴才会有所表现。

麻子猴王和黑披风心里都清楚，这是一场生死攸关的搏斗，因此，一开始，双方就使出了浑身解数。扭打、啃咬、撕扯、踢蹬、揪抓、撞击，一时间，战尘滚滚，吼声连天，猴毛飘舞，血肉横飞。黑披风到底年轻，几个回合下来，便占了上风，把麻子猴王压在底下，一口一口地将麻子猴王的腹毛拔下来。也不晓得是不是存心想把它变成一只裸猴。麻子猴王虽然体力不济，胆魄却不比黑披风差，搂着黑披风从陡峭的山崖上滚落下去。轰隆隆，飞沙走石，哗啦啦，双猴滑落。它们一面在陡坡上翻滚，一面还互相啃咬。好一场恶战，

天昏地暗,日月无光,江河呜咽,大地失色。两只雄猴从一两百米高的山崖,一直滚落到江边的沙滩上。麻子猴王毕竟上了年纪,腰腿不如黑披风灵巧,从山崖到江边,一路磕磕碰碰,估计扭伤了腰腿,扭打的动作变得迟钝。而黑披风却愈战愈勇,凶猛凌厉地连连出击。麻子猴王只有招架之功,没有还手之力,连连哀叫,且战且退。

很明显,大局已定,胜负只是个时间问题了。

黑披风再一次把麻子猴王打翻在地后,"呦——",扭头朝山崖发出一声长啸。

"呦呦——呦呦——呦呦——"

蹲在岩石上观战的猴群齐声啸叫起来,欢呼胜利,高奏凯歌,争先恐后地从山崖上冲下来,加入黑披风一边,扑向麻子猴王。

真是墙倒众人推啊。

麻子猴王只得落荒而逃。

这壁厢,麻子猴王众叛亲离,血迹斑斑,披头散发,身上沾满碎石泥屑,狼狈得像个逃犯。那壁厢,几只雌猴簇拥着黑披风,用舌头舔尽它身上的血迹,含情脉脉地为它梳理着皮毛;而黑披风挺胸昂首,冠毛高耸,一派王者风度,指挥着众猴去追击麻子猴王。

真应了人类一句俗话:胜者为王,败者为寇。

据我半个月的观察,麻子猴王虽谈不上是一位德才兼备的明君,但也不是什么荒唐无度的暴君,它和正常的猴王一样,拥有三五只王妃,拥有首先享用美食的特权。同时,也为群体的食物、宿营等问题操心尽力,排解群内纷争,抵御外敌侵犯,率领猴群外出觅食,遇到敌害组织众猴抗击或撤退……除了黑披风,谁也没有对它的统治公开提出过异议。

可现在除了褐尾巴雌猴外,所有的成年猴子,都义

愤填膺地呐喊着,咬牙切齿地追杀着,仿佛仓皇逃窜的麻子猴王与每一只猴子都有着不共戴天的深仇大恨。

麻子猴王逃到江边一块矶石上,想喘一口气,还没等它坐下来,一只屁股红得像一块大红布的雄猴"嗖"地蹿上去,穷凶极恶地在麻子猴王的大腿上咬了一口,还摆了个"和尚撞钟"的武术架势,闷着脑袋,一头撞在麻子猴王怀里,把早已丧失了斗志的麻子猴王从矶石上撞落下来。

就是这只大红布,三天前的中午,我从望远镜里看见,它把一只刚刚逮到的小鸟,用牙齿拔掉羽毛,送到麻子猴王嘴里。麻子猴王大概是吃饱了,只撕了一条鸟腿,把剩下的大半只鸟扔在了地上,大红布赶紧捡起来,呼呼吹去粘在上面的尘土,再次送到麻子猴王嘴里,那神态,阿谀奉承,极尽讨好之能事。

麻子猴王七拐八弯逃到一块礁石背后,把身体挤进石缝，想用躲猫猫的办法躲过众猴的围追。不幸的是，一只耳毛乳白色的雌猴恰巧站在礁石上，看见了麻子猴王，它"呦呦"地报警，众猴闻讯赶来，麻子猴王又挨了一顿好打。

我认识这只白耳朵雌猴，就在昨天，猴群到一片松树林吃松子，它趁褐尾巴不在跟前，荡秋千似的从另一棵树梢飞跃到麻子猴王待的那棵树上，为麻子猴王整理皮毛。我在望远镜里看得清清楚楚，它甜腻腻地依偎在麻子猴王身边，用爪子飞快翻动麻子猴王身上的长毛，不时把嘴伸进毛丛去吮咂，不知道是在帮麻子猴王捉身上的虱子，还是在表达倾慕和爱意。当麻子猴王也伸手帮它整理皮毛时，它脸上浮现出一种受宠若惊的表情……

包围圈越缩越小，麻子猴王无处可逃，只好跳进怒江。这段江面地势险峻，水流湍急，有一个奇怪的地

名叫"葬王滩"。金丝猴虽然会泅水，但游泳的本领很一般，无法游过江去。麻子猴王在与黑披风的搏斗中受了伤，为逃避众猴的追杀又耗尽体力，在水里泡了几分钟后，便支持不住，想爬上岸来。众猴沿着江边的礁石一路追撵，麻子猴王游到哪里，它们追到哪里。麻子猴王刚攀上一块礁石，身上的水还没有沥干，黑披风便带着一帮猴子赶到了，连撕带咬，迫使麻子猴王重新跳进水里。

麻子猴王游到一堵悬崖下，前爪攀住突兀的石棱，企图休息片刻。悬崖陡直，追赶的猴群无法接近麻子猴王，它们大概怕被麻子猴王抱住后一起沉到江底喂鱼，谁也不敢跳进水里。我想，麻子猴王虽然像坐水牢似的泡在水里，但总算可以歇一口气了。不料，七八只猴子你抱住我的腰，我勾住你的腿，像软梯似的从悬崖上挂下来，乒乒乓乓，又自上而下给了麻子猴王一顿痛击。

我不明白，猴子们为何如此起劲、如此卖力、如此充满仇恨地围攻麻子猴王。也许，它们是想趁机发泄，也许，是要在新统治者面前表现，以讨取新猴王的欢心和青睐。

麻子猴王靠不了岸，也游不过江，在水里泡了半个多小时后，脑袋一沉一沉，快要支撑不住了。

"你知道这里为什么叫'葬王滩'吗？"强巴问我。

"大概是历史上某位君王在这块险滩殉难，所以才起了这么一个带有凶兆的名字。"我按一般的逻辑进行推理，回答道。

"不是的，'葬王滩'所指的王，不是人类社会的君王，而是猴群里的猴王。猴王没有退休制度，年纪一大，就会被其他年轻强壮的雄猴推翻。被赶下王位的倒霉的猴王，无一例外都会被从猿岭推下怒江淹死，所以

才叫'葬王滩'。"

我心里"咯噔"一下,这么说来,眼前这情景,不过是历史的重演!

黑披风仍带着猴群在江边监视,那架势,一定要置麻子猴王于死地而后快。

上百只大大小小的金丝猴中,唯有褐尾巴,也就是麻子猴王最宠爱的王妃,没加入这场集体行凶。它孤零零地待在江边一座礁石上,揪着自己身上的毛发,顿足捶胸,不断用头去撞石头,一副柔肠寸断、心碎神伤的痛苦模样。

排浪打来,把麻子猴王盖没了。过了好一会儿,它的脑袋才在离我们独木舟不远的江面露出来。它的口鼻勉强抬到水面之上,艰难地呼吸着,四爪费力地划拉着,失神的眼睛茫然四顾。

它漂过一块鱼嘴形的礁石,突然看见了我们的独木舟。当时我们的独木舟离它约五十米远。它扭头看看站在鱼嘴形礁石上严阵以待的猴群，顺着江水慢慢向我们游来。

麻子猴王游到离我们独木舟还有三四米远的地方，力气耗尽了，四肢再也划拉不动，脑袋沉进水里，"咕噜"灌了一口水。它好不容易又浮了起来，用一种凄楚的眼光望着我，一只爪子伸出水面，无力地朝我招了招。我们人类也是从灵长类动物演化而来的，许多身体语言与猴子大同小异。麻子猴王的招手——不——应该说是招爪动作，我一看就明白它是在向我求救。

"不能理它，不然的话，我们别想安宁了！"藏族向导强巴劝我说。

"我们总不能见死不救吧！"我一把夺过强巴手里长长的竹篙，朝麻子猴王伸去。

"呦——嗷——呦——嗷——"，猴群在鱼嘴形礁石

上恶狠狠地吼叫起来。黑披风朝我龇牙咧嘴地咆哮，仿佛在警告我："别管我们猴子的闲事，不然的话，我跟你没完！"

我不由得犹豫起来。我早就听当地猎人介绍过，滇金丝猴是一种很难缠的动物，得罪了它们，会遭到哭笑不得的报复。有一个山民用尼龙网逮到一只小猴，卖给了动物园，结果，他种的二十亩苞谷年年到抽穗灌浆的时候，猴群便会不请自来，将秸秆连根拔起，将刚刚长成形的玉米棒掰下来扔得到处都是。有一个驾驶员用鸟枪打瞎了一只雌猴的眼睛，结果他每次开车经过那段路，总会被山上扔下来的石块砸中汽车。

我这不算是见死不救，我想，它不是人，只是只猴子，人类的道德标准不适用于猴子。我没有害它，是它的同类在要它的命，这与我无关。我是个动物学家，我理应纯粹客观地观察和研究野生动物的生活形态，而不应当随意干涉它们的生存规律。我的职业要求我恪守中立，而不是去扮演什么道德法官。竹篙离麻子猴王还有几寸远，我不需要做什么，只消轻轻地把竹篙从它爪子前抽回，它立刻就会沉落江底，我就算从这场是非纠纷中抽身出来了。

我试着抽回竹篙，可竹篙仿佛有千斤重。真的，黑披风用调笑王妃的办法进行挑衅，也实在太卑鄙了！真的，大红布雄猴和白耳朵雌猴向胜者唱赞歌，向败者唱挽歌的投机嘴脸，也实在是太丑陋了！真的，褐尾巴雌猴柔肠寸断、心碎神伤的模样也太让人同情了！

我虽然是个动物学家，但我首先是个人。我的是非观念、道德标准、感情反应和价值取向，与我的生命是融为一体的，不可能像电脑一样，敲击键盘就能把这一套程序从系统中删掉。我承认我的脑子有点儿发热了，我将竹篙送到麻子猴王的怀里，它抓住竹篙，借着浮

力,整个脑袋从水里抬了起来。

历史可以重写,规律可以更改,葬王滩以后要改名叫"救王滩"了!

在黑披风歇斯底里的啸叫声中,我把奄奄一息的麻子猴王拉上了独木舟。

在猴群的一片骂声中,我们划着独木舟飞快向下游驶去。

二

黑披风果然对我们进行了猛烈的报复。

我在怒江下游离猿岭约两里远的山脚下,支了一顶帐篷,作为我的野外考察工作站。麻子猴王伤得不算重,我把它抱回工作站后,喂了点儿米汤,烤了烤火,它便逐渐恢复过来。

翌日早晨，我和强巴要到高黎贡山主峰去观察一种名叫"黑耳鸢"的山鹰。为了防止万一，临出门时我把麻子猴王锁在一只结实的铁笼子里。傍晚，我和强巴回到离工作站还有一两百米远的地方，就听见"咿哩哇啦"群猴的吵嚷声。我们赶紧奔过去一看，差点没晕倒，黑披风带着猴群把我们的工作站洗劫一空。帐篷被掀翻了，锅碗瓢盆、油盐酱醋、瓶瓶罐罐被砸得稀巴烂，我的书籍和资料本也被撕碎了，被褥被踩得一塌糊涂，还在上面撒了许多猴尿、猴粪。以黑披风为首的一群雄猴围在铁笼子前，谩骂啸叫，不断将爪子从缝中伸进去，厮打麻子猴王。大红布还用一根树枝拼命往铁笼子里捅。可怜的麻子猴王，抱着脑袋，蜷伏在笼子中央，忍受着来自四面八方的凌辱和殴打。

我气极了，抽出左轮手枪，"哗啦"把子弹推上膛，

要不是看在滇金丝猴是国家一级保护动物的份儿上，真想一枪把黑披风的脑袋炸飞。我朝天开了两枪，震耳欲聋的枪声和强烈的火药味，总算把黑披风的嚣张气焰给压下去了，它惊恐地看了我一眼，呼啸一声，带着猴群逃之夭夭了。

我把麻子猴王从铁笼子里放出来，它遍体鳞伤，尤其是背部，血痕横一道竖一道，惨不忍睹。

我也大出血了，花了好几百块钱重新添置生活必需品。为了防备猴群的再次侵袭，我还雇了当地的农民在帐篷四周挖了一道宽两米、深三米的堑壕，在堑壕前用碗口粗的圆木扎了一道结实的篱笆，上面还挂了一道铁丝网和铁蒺藜。

在以后的几天里，猴群又多次光顾我的工作站，被铁丝网和铁蒺藜扎得"哇哇"乱叫。吃了几次亏后，它们终于明白了自己无法冲破障碍接近麻子猴王，这才放弃了再次来我们的帐篷捣乱行凶的企图。

但报复却远远没有结束。

我和强巴进山考察，躲在树上的猴子会冷不丁地扔下雨点般的树枝和坚果，砸在我们头上，或者居高临下地向我们拉屎、撒尿，淋在我们身上。有一次，我趴在高黎贡山主峰一块平台上，用望远镜观察母鹰给雏鹰喂食的情景。跟往常一样，我随手把随身携带的那只黄帆布挎包挂在身旁一棵小树的枝丫上。鹰巢里，母鹰正用一条四脚蛇作诱饵，让三只黄嘴雏鹰不断地扑到它身上来争抢，这既是一种喂食，又是一种技能训练。我正看得入迷，突然，身旁的小树"嚓喇喇"一阵响，我举目望去，又是讨厌的黑披风，它从岩壁跳到小树上，飞快地窜下来，伸手去摘我挂在枝丫上的挎包。我惊得目瞪口呆，强巴反应比我快，跳起来想阻拦，但已经迟了，黑披风双脚勾在树冠上，身体仰翻，一个倒挂，玩了一

个精彩绝伦的仙人摘桃的动作,我的挎包就到了它手里。它一点儿没停顿,转了个圈,收腹上蹿,一眨眼的工夫就跃上树冠,轻盈地一跳,跳回岩壁,很快就逃得无影无踪了。

好身手,可惜是个强盗。

我的黄帆布挎包里除了干粮和水壶外,还有一架价值上千元的理光相机,最珍贵的是那本厚厚的观察日记,里头记载了我好几个月的心血和努力。

我顿足叫苦,却也无可奈何。

傍晚,我刚刚吃完晚饭放下碗筷,便听到外头有猴子的吵闹声,走出帐篷一看,又是该死的黑披风,头颈上挂着我的挎包,在离工作站二三十米远的草丛里蹿来跃去。开头我还以为它是在对我炫耀,向我示威呢,但仔细望去,发现我的判断有误。它脸上没有轻浮的得意,没有夸张的骄傲,没有挑衅的张狂,恰恰相反,脸上愁绪万端,神情委顿,眼光哀哀戚戚,死死盯着我,像在向我乞求什么。这时,麻子猴王也听到了同类的叫声,从帐篷钻出来看热闹。黑披风一看见麻子猴王,"唰"地一下全身的毛恣张开来,从脖子上摘下挎包,高高举起,朝我抖动挥舞,嘴里"咿哩哇啦",也不知道在说些什么,那副模样,极像集市上的小贩在急切地兜售商品。麻子猴王看到黑披风如此动作,突然扑到我身上,紧紧地抱着我的腿,浑身发抖,好像生怕被黑披风捉去似的。

我的脑子一亮,哦,黑披风是要同我做交易,用黄帆布挎包换麻子猴王!

这主意很聪明,也很卑鄙!

"换了吧,麻子猴王活不长了,迟早都要死的。"强巴低声劝我。

我晓得麻子猴王生命不会太长久了,它被我从怒江

里救起来差不多已两个星期了,身体的伤虽然治好了,但心灵的伤是无法愈合的,它忧伤沉沦,萎靡不振,整天缩在帐篷阴暗的角落里,像木偶似的一动不动。它吃得极少,瘦得肩胛都支棱出来了,皮毛光泽消退,颈毛变得灰白,生命就像溜滑梯似的迅速滑向衰老。昔日叱咤风云的猴王风采荡然无存,倒像是一只无依无靠、生命烛光即将熄灭的老年乞丐猴。

可我能把麻子猴王交出去,换回我的黄帆布挎包吗?如果我这样做了,我就是屈服于黑披风淫威的懦夫,就是甘愿被敲诈、被勒索、被挟持的胆小鬼。虽然面对的是金丝猴,但我如果同意交换,我的良心一辈子也不会得到安宁。

我打心底里对黑披风憎恶痛恨,干吗非要挖空心思置麻子猴王于死地呢?你想当新猴王,你的野心已经实现,你已经如愿以偿,你难道不能表现出一点儿胜利者慈悲为怀的胸襟，放麻子猴王一条生路吗？现在就是最愚蠢的猴子也应该看得出来，麻子猴王从肉体到意志都差不多崩溃了，是不可能再卷土重来搞复辟的。

这个黑披风，一定是个心理变态的雄猴，是个嗜血成性的恶魔！我是决不会同它做什么交易，尽管我很想要回挎包里的照相机和日记本。

为了表示我不妥协、不退让、不出卖良心、不同流合污的决心，我大吼一声，捡起一块拳头大的石头，狠狠地朝黑披风扔去。我虽然未能掷中它，但我的用意已经表露无遗。石头落在黑披风前面五六米远的地方，连它的毫毛也没碰着一点儿，它却奇怪地惨叫一声，身体缩了下去，重新把黄帆布挎包挂在脖子上，转身离去。它步履沉重，垂头丧气，好像受到了什么致命的打击一样。

"我总担心会出什么大乱子。"强巴忧心忡忡地说。

"会出什么乱子?我们这儿坚固得就像碉堡!以后外出,我们多加小心就是了。"

"我不是指黑披风会对我们怎么样,我是说这群金丝猴可能会遇到什么麻烦。"强巴眉头紧蹙,望着暮霭沉沉的苍穹,低声说道。

三

不幸被我的藏族向导强巴言中了,当天夜里,寂静的森林里,传来一阵紧似一阵的金丝猴嘈杂的啸叫声,尖厉嘶哑,令人头皮发麻。这恐怖的啸叫声持续了整整一夜,我和强巴躺在床上辗转难眠。"也许它们是在开会商量怎么对付我们。"我猜测说。"叫得那么吓人,说不定是山豹或狼獾闯进猴群里去了。"强巴判断说。麻子猴王的反应令我们吃惊,激动得浑身发抖,"呦呦"地低声叫着,在帐篷里窜来窜去,两只瞳仁绿莹莹地闪亮。有两次,它还跑到床边来摇晃我的腿,"呜哩哇啦"地叫唤,看来它是知道猴群究竟发生了什么,想要告诉我,可惜我听不懂金丝猴的语言。

东方的天际出现了第一道鱼肚白,我和强巴就起来了,在晶亮的小溪边匆匆漱洗完毕,立刻赶往猿岭。这是一个没有雾岚的早晨,空气清新透明,能见度极高,我们悄悄钻进山顶一片小树林里,不用望远镜,就能把五六十米外猴群的一举一动看得清清楚楚。

看得出来,所有的金丝猴都一夜未寐,每双猴眼都布满血丝,红彤彤的,神经处于高度的亢奋状态。我注意到,猴群里好几只雄猴已经挂了彩,有的头皮被抓破了,有的颈毛被拔脱了,有的脚爪被打跛了……

毫无疑问,昨天夜里猴群发生了一场混战。

和我往常所看到的不同，众猴不再以黑披风为核心，而是三五只猴子一伙，五六只猴子一群，散落在四周。黑披风虽然还占据着崖顶那块巨大的蛤蟆形的磐石，但身边只有白耳朵雌猴和另一只在猴群中地位很低的老年雄猴，给人一种没落君王众叛亲离的印象。猴子们各自为政，像一盘散沙，你朝我啸叫谩骂，我对你龇牙咧嘴，谁也不服谁。

"呦呜——呦呜——"，黑披风朝众猴连声叫唤，声音低沉，凄凉哀伤。那神态，已完全没有君临天下的威仪。群猴对黑披风的叫唤无动于衷，像没听见似的。

突然，从一棵小松树上跳下一只猴子来，蹦蹦跳跳地来到黑披风占据的那块磐石前，怪模怪样地啸叫一声，一个转身，亮出一只红彤彤的屁股来，对着磐石上的黑披风颠动摇晃。

哦，原来是大红布！

我多少懂一点猴子的身体语言，大红布这个动作，无疑是表示一种轻慢，一种嘲弄，一种侮辱。

黑披风愤怒地长啸一声，从磐石上跳跃下来，扑向大红布，两只雄猴扭成一团。看来这种打斗已持续了整整一夜，双方都已筋疲力尽。它们拳打脚踢一阵后，动作便显得有些绵软，抱在一起大口喘息。

一只面目狰狞丑陋、头上的毛发一块块脱落的癞痢头雄猴嗥叫着冲过来，抓了黑披风一把，又踢了大红布一脚。

又拥上来七八只雄猴，加入这场打斗。奇怪的是，参与进来的这些雄猴，既非大红布的盟友，也不是黑披风的支持者，它们谁也不帮，而是独立作战，一会儿你跟我撕扯，一会儿我跟它踢打，一会儿黑披风伙同大红布把癞痢头掀翻在地，一会儿癞痢头又与大红布联手，把黑披风追得满世界奔逃，追着追着，癞痢头又与大红

布火拼起来……

完全没有章法，乱得像一锅粥。

"也许，这群金丝猴吃了什么迷幻药，全体都发疯了。"我说。

"五年前，这群猴子也发生过类似的混斗。"强巴若有所思地低声说道，"那一次，猴王被一伙偷猎者一枪打死，群猴无首，谁也不服谁，每一只身强力壮的雄猴都想自立为王，结果引发了一场长达半年的混战，不少雄猴死于非命，许多雌猴携带着幼猴离群出走，猴群的数量从一百多只一下子减到了四五十只，后来麻子猴王经过十几场苦战，终于摆平了所有的雄猴，混乱才算了结，这群猴子才又慢慢发展起来。"

动物学家早就得出过这样的结论：在具有群体意识的哺乳动物中，一切雄性都是社会地位的角逐者。果然是至理名言。

我无法理解的是，黑披风已经当上了新猴王，猴群并没出现权力真空的现象，怎么会无端爆发争权的混战呢？

据我所知，金丝猴群的王位更替有一个周期表，除了特殊的意外，一般每五六年发生一次，这和金丝猴的生命峰值是一致的。金丝猴的寿命在二十岁左右，十岁到十五岁是黄金年龄段，这一年龄段的雄猴，阅历最开阔，经验最丰富，精力最旺盛，体力最强壮，权力欲望也最膨胀，可以说，正处在生命的巅峰。据好几位动物学家考察，金丝猴群的猴王差不多都是在十岁左右接管政权，登上王位的。新猴王上台后，由于生命还处在上升期，威势日隆，通常不会受到其他雄猴的挑战，地位稳固，如日中天。但到了十五岁左右，生命由巅峰开始走下坡路，极盛而衰，其他野心勃勃的雄猴就会觊觎王位，萌生出篡权夺位的念头，猴群社会就会由稳定期进

入动荡期。

只有一种解释，黑披风虽然当政才短短几天，但出于某种原因，威信扫地，指挥失灵，地位不稳，统治根基发生了动摇，这才诱发了其他雄猴的勃勃野心。

混乱的打斗愈演愈烈，癞痢头的一只眼睛不知被谁抠了一下，血汪汪的，眼珠似乎也被抠出来了，疼得它惨嚎一声，拼命蹦跶踢蹬。不知是鲜血模糊了它的视线，还是剧痛使它丧失了理智，它一爪子重重地蹬在一只在旁边看热闹的不满半岁的小猴身上，小猴"呀"地叫了一声，从两三丈高的陡崖上仰面摔下去，后脑勺刚巧砸在石头上，一下就摔死了。小猴子的母亲——一只眉心间有一粒红色疣痣的雌猴，披头散发，发疯般地扑上去，揪住癞痢头，厮打啃咬。另两只单身雌猴大概也非常憎恨虐杀幼猴的残暴行径，跑上来帮眉痣雌猴的忙，三只雌猴揪住癞痢头，你抓一把，我踢一脚。癞痢头的另一只眼睛也被抓瞎了，摸着黑，跌跌撞撞地奔逃，一脚踩空，从几十丈高的笔直悬崖上摔了下去。

半空中传来一声撕心裂肺的惨叫，数秒钟后，悬崖下传来物体坠地的轰然声响。

所有携带幼猴的雌猴，都紧紧地把自己的小宝贝搂在怀里，惊恐不安地蜷缩在石旮旯里。

那些混斗的雄猴，也许是被突如其来的死亡镇住了，也许是力气耗尽再也打不动了，各自散开，回到自己的小团体里去。但看得出来，它们彼此的仇恨并没有消弭，仍气咻咻地你瞪着我、我瞅着你，不时发出一两声威胁的啸叫。

这不过是暂时的休战，分裂和混战将会像瘟疫一般蔓延和继续。

眉痣雌猴爬下陡崖，抱起已僵冷的小猴的尸体，用

冰凉的眼光打量了猴群一眼,向远方的树林走去。显然,它对混乱的大家庭厌倦了,绝望了,情愿去过孤独寂寞的流浪生涯。

假如猴群仍然没完没了地混斗下去,毫无疑问,将会有更多的雌猴步它的后尘,离群出走。

猴群究竟为什么会出现如此严峻的分裂局面?怎样才能使这群珍贵的金丝猴重新过上安宁的生活?我是动物学家,我有责任找到答案和解决问题的办法。

四

我有午睡的习惯,放下碗筷,正准备倒在床上,突然,传来篱笆墙"喀啦喀啦"的摇晃声。我撩起帐篷的门帘,看见篱笆墙外站着一只金丝猴,曲线优美的身段，乌黑闪亮的皮毛，与众不同的褐色尾巴。哦，是褐尾巴雌猴！

我大吃一惊，大白天的，它怎么就跑来了呢？

麻子猴王早已失去了权势，被从王位上赶了下来，靠我的救援才幸免一死，在人类的帐篷里苟延残喘，根本看不到任何东山再起的希望。在麻子猴王的世界里，地位、权势、身份，什么都变了，唯一没有变的就是褐尾巴对它的一往情深。在短短半个月的时间里，褐尾巴已经是第四次光临我们工作站了。它到我们工作站来看望麻子猴王，是要冒极大风险的，一旦被黑披风知道，轻则要被驱逐出猴群，重则会被处死。我十分欣赏褐尾巴这种甘心冒着杀身之祸前来与麻子猴王相会的行为。我觉得，这称得上是一种伟大的爱情。别说动物界，就是人类社会，又能找出多少这种至死不渝的爱情呢？

褐尾巴前三次到这里来看望麻子猴王，行动都特

别小心,特别谨慎,挑的都是恶劣的坏天气。第一次来的时候,正下着倾盆大雨;第二次来的时候,是在没有月亮、没有星星、伸手不见五指的漆黑的深夜;第三次来的时候,是在大雾浓得像牛奶、几步之外什么都看不见的黎明。它一般并不直接靠近篱笆墙,而是躲在我们工作站后面那片灌丛里,诡秘地发出一两声低啸,麻子猴王听到褐尾巴的叫声,就像听到了来自天堂的福音一般,死气沉沉的脸立刻变得异常生动,吼叫着从帐篷的角落里窜出来,扑向篱笆墙,我刚拉开栅栏,还没放稳吊桥,它就攀住吊桥上的绳索,纵身一跃跳出防护沟去了。

而这一次,褐尾巴却在大白天跑来,不仅不隐蔽自己,还径直来摇晃工作站的篱笆墙,这不能不说是一种反常。别说我,就是麻子猴王,也颇觉意外,瞪起一双惊诧的眼睛呆呆地望着褐尾巴出神。我拉开栅栏,放下吊桥，它还没回过神来，仍站在我身边发呆呢。我拍拍它的肩头说："老伙计，去吧，别辜负人家的一片深情！"它这才发出一声含混的啸叫，从吊桥上走了过去。

两只猴子一前一后钻进工作站后面那片灌丛，隐没在一片被阳光照亮的翠绿间。

我当然不会去窥视它们甜蜜的幽会。

按前几次的经验，麻子猴王这一去，起码要两个时辰才会回来。我午睡醒来差不多刚好是它回来的时间。我躺在床上，随手翻开一本最近翻译出版的一位美国动物学家写的《灵长类动物的权力构成》，其中有一句话跳入我的眼帘："对生性好斗的金丝猴群来说，任何一顶耀眼的王冠都是用鲜血染红的；如果有一顶王冠出于某种偶然的原因，没有被鲜血浸染过，那么可以断言，这顶王冠终将黯然失色。"不知道为什么，这段文字令我一阵心悸，我朦朦胧胧有一种感觉，快要找到金丝猴群为什

么会发生分裂和混战的答案了。

就在这时,我听见篱笆墙外传来麻子猴王"呦呦嗷嗷"的啸叫声,我翻身起床跑出帐篷一看,麻子猴王正在防护沟外朝我舞动前爪,显然,它想进来。这又是一个反常的现象,它出去才十分钟都不到啊!

我一面放吊桥开栅栏,一面朝灌丛张望,哦,褐尾巴正在草丛里目不转睛地望着麻子猴王呢。

这也是过去它们几次相会从未出现过的情景。以往几次,当幽会不得不结束时,麻子猴王都要把褐尾巴送到离我们工作站两百米远的小土岗上,恋恋不舍地举目相送,一直要到褐尾巴走得看不见了,它才会回工作站来。

麻子猴王踩着吊桥跨过防护沟和栅栏,我注意观察,它神情沮丧,缩着肩,勾着头,像一株被霜冻打蔫的小草,眼睛红红的,似乎还蒙着一层泪光。它吱溜从我脚边窜过去,头也不回地钻进帐篷。

情侣拌嘴?夫妻反目?还是发生了什么其他纠纷?

整个下午,麻子猴王缩在我们堆放杂物的角落里,喊它也不出来,喂它东西也不肯吃。到了晚上,江边的树林里又传来猴群的尖啸声,麻子猴王竖起耳朵谛听着,也不时发出一两声低嚎,暗哑粗浊,像是呜咽,像是呻吟,像得了严重的疟疾,身体一阵阵战栗。我真以为它病了,想天亮后带它到镇上的兽医站替它看看。

我和强巴被麻子猴王如泣如诉的低嚎声吵得一夜没合眼。第二天,我们一早就起来了,匆匆吃过早饭,在麻子猴王的脖颈上套了一根细铁链,准备带它到镇上去找兽医。

到镇上去的方向和到猿岭去的方向刚好相反。我们出了工作站,才走了一百多米,麻子猴王突然抱住路边的一棵小树,死活不肯再走了。我以为它是病得走不动

了，想抱它，它却死死抱住小树不撒手，还发疯般地拉扯脖子上的细铁链，直拉得皮开肉绽，猴毛乱飞。它看看拉不断，又拼命用牙齿咬，直咬得唇破齿烂，满嘴是血。这只疯猴，简直要把自己折磨死啊！我没办法，只好替它解开铁链子。

它这才松开搂抱着小树的爪子，捋了一把草叶上的露珠，洗掉嘴唇上的血丝，先跳到强巴跟前，抱着他的腿轻轻一跳，一伸爪子，把粘在他衣襟上的一根草叶打掉了，又跳到我跟前，舔净了我皮鞋上沾着的一块泥斑。

从没有过的亲昵，从没有过的感情流露。

"它要干什么呀？"

"不晓得。它的神态好像不大对头。"

我和强巴面面相觑，闹不清是怎么回事。

突然，麻子猴王奔到一棵大树前，动作有点迟钝地爬上树冠。它在向另一棵树飞跃的时候，停顿了一下，扭头朝我们望了一眼，那眼光，充满了一种依恋。然后，它攀住柔嫩的树枝用力一晃，四爪一蹬，身体弹射出去，落到几丈外的另一棵树上，就像三级跳远一样，很快消失在葱郁的树林里。

"它好像是要回金丝猴群去。"

"快，我们乘独木舟到葬王滩去看看。"

五

我们划着独木舟顺流而下，到了葬王滩，我让强巴把船停在浅水湾里，举起望远镜朝猿岭观察。猴群散落在陡岩上，雄猴们瞪着血红的眼睛，情绪亢奋，在岩石间上蹿下跳，不时朝其他雄猴发出威胁的啸叫。雌猴们

抱着幼猴，抖抖索索地躲在一边，满脸惊恐。黑披风在那块蛤蟆形的巨大磐石上焦躁不安地踱来踱去。

半山腰一棵树上，蹲着一只受了重伤的雄猴，满脸是血，发出一声声可怕的哀号。

显然，分裂和内讧在加剧，情况比昨天更糟糕。

突然，大红布趁黑披风不注意，蹿上磐石，从背后猛地一推，把黑披风从磐石上推了下来。黑披风勃然大怒，落地后转了个圈，重新蹿回磐石，拳打脚踢又把大红布赶了下去。

好几只雄猴也摩拳擦掌，跃跃欲试。又一场混战拉开了序幕。

就在这时，突然，麻子猴王从山腰一片小树林里跳了出来。它用一种木然的表情打量着猴群，"呦——"地发出一声平静的啸叫，好像在向猴群通报："我来了！"

刹那间，吵吵嚷嚷的猴群安静下来，个个变得像泥胎木雕一般，纹丝不动，望着麻子猴王发呆。我调整焦距，将视线集中到黑披风身上。这家伙的嘴张成O型，惊愕得就像看见了鬼魂一样。

流亡的君主又回来了，这自然会引起新猴王的震惊。

"呦呀——"，寂然无声的猴群里突然传出一声幽幽的哀啸。我赶紧将望远镜移过去一看，原来是褐尾巴，蹲在石头上，双爪捂住脸，一副很悲伤、很悔恨、很无奈的样子。

麻子猴王径直走向黑披风，走向那块历来由猴王享用的蛤蟆形磐石。

一场卫冕决斗，或者说一场复辟与反复辟的斗争，不可避免地爆发了。

毫不夸张地说，这是一场鸡蛋碰石头式的较量。麻子猴王本来就年老体衰，又曾经被黑披风打输过一次，

精神与体力上都处于明显的劣势。仅仅两个回合,麻子猴王就被黑披风一个大背摔扔了出去,像皮球似的从高高的陡崖上滚落下去,一直滚到江边的沙滩上。黑披风连奔带跳地扑下来,冲到一半,扭头朝观战的众猴长啸了一声,众猴兴奋地呐喊着,一起从陡崖上冲了下来。

在这短暂的两三分钟的过程中,黑披风失落的威信奇迹般地走出了低谷,强劲反弹,又成了一呼百诺的君王。

麻子猴王抵挡不住也逃脱不了众猴凶猛的攻击,只好从礁石上跃入怒江。

历史画了一个小圆圈,又回到了半个月前的起点。

麻子猴王艰难地沿着江岸游动,黑披风率领猴群沿江追逐。

黑披风神气地站在岸边的礁石上,吆五喝六,一会儿将猴群调到东边封锁水域,一会儿将猴群调到西边以防备麻子猴王登岸。

整个猴群中，只有褐尾巴孤零零地抱住肩，用一种凄凉的眼神注视着这一切。

一切都跟半个月前一样。唯一不同的是，麻子猴王上一次被打下水后，惊恐万状，声嘶力竭地啸叫，一次又一次试图登上礁石喘息。而这一次，它却相当平静，目光安详，没有发出任何慌乱的叫声，也没向近在咫尺的礁石强行攀爬。

我突然有一种奇怪的感觉，麻子猴王是在飞蛾扑火，自投罗网，自取灭亡！

为什么要这样？为什么要这样？

六

才游了五六分钟,麻子猴王就筋疲力尽了,身体一点点往下沉。在水流的冲击下,它一点一点地朝我们的独木舟漂来,很快,就漂到离我们只有两三米远的地方了。它毕竟同我们在一个帐篷里共同生活了半个月,我不忍心看着它就这样淹死,便"噢"地叫了一声,将长长的竹篙朝它伸去。

"呦呦——呦呦——",黑披风丧魂落魄地啸叫起来。

竹篙伸到麻子猴王的面前,它伸出一只前爪,我以为它会像捞救命稻草一样地攥住竹篙不放的,任何快要溺死的动物,在水里都有一种抓住身边东西的本能。让我震惊的是,它的爪子触碰到竹篙后,指关节并没有向里弯曲,并没有抓握的意思,而是用掌心缓慢而又坚决地将竹篙推开了。随着推开的动作,它龇着牙,对我轻轻叫了一声,我熟悉它的表情,它是在对我表示谢意。

它谢绝救援!它情愿溺死!

推掉竹篙的动作耗尽了麻子猴王的最后一点儿力气,它的身体猛地往下一沉,"咕噜",灌了两口江水。它挣扎着又浮出水面,举目向岸边的猴群望去。它拼命划动四爪,在猴群中寻找。它的视线在褐尾巴身上定住了,它久久地凝视着它,眼光温柔,蕴含着惜别之情。它的身体一寸一寸地往下沉,江水漫过了它的下巴,漫过了它的嘴唇……

突然,"呦——",岸边的陡崖上传来一声凄厉的长啸。哦,是褐尾巴,它高昂着头,向着冉冉升起的太阳做了个拥抱的姿势,后爪在岩石上用力一蹬,从几丈高的悬崖上跳了下来。我还是第一次看见猴子跳水,姿态优雅,技艺高超,在空中连翻了七八个跟头,"唰"地钻入水中,水面只冒起一朵小小的水花。如果有资格参加

奥林匹克跳水比赛，它是可以稳拿冠军的。一会儿，褐尾巴从我们独木舟旁的水面露出头来，有节奏地划动双臂，奋力向麻子猴王游去。

岸边猴群的几十双眼睛，注视着褐尾巴。

褐尾巴游过去一把托住麻子猴王，两只猴子在江中搀扶着，搂抱着，随着波浪一沉一浮。麻子猴王把头靠在褐尾巴肩上，闭着眼睛喘息。"呦呦""噢噢""呀呀"，它们互相叫着，倾吐着水一般温柔的情愫。

褐尾巴的力气渐渐用尽，两只猴子又一点一点往下沉。突然，麻子猴王睁开眼睛，好像清醒过来是怎么回事，它用力从褐尾巴的手臂间挣脱出来，恶狠狠地啸叫一声，粗暴地把褐尾巴从自己身边推开。

它不愿意让褐尾巴陪着它一起死！

褐尾巴被推出一米多远，麻子猴王最后留恋地望了褐尾巴一眼，四爪停止划动，身体像秤砣似的沉了下去,只露出头顶乌黑的长毛顺着水波漂荡。

这时候,褐尾巴面对着岸,离岸边仅有十来米远,它虽然很疲乏,但游到最近的那块礁石上还是不成问题的。黑披风带着猴群伫立在那块礁石上。不知是出于一种什么心理,黑披风望了望在水中挣动的褐尾巴,收敛起龇牙咧嘴的恫吓,扭身往后退了七八米,众猴也跟着它后退,腾出一块空地来。再明显不过了,黑披风做出了一种宽恕的姿态,同意褐尾巴游回岸来。

褐尾巴却并没朝岸边游去,它毫不犹豫地单臂划水,旋转身体,坚定地朝麻子猴王游去。它又一把抱住了麻子猴王,麻子猴王的脸最后一次露出水面,仍想把缠在它身上的褐尾巴推开,但它的力气已经全部耗尽,只是象征性地动了动手臂……

"呦嗷——呦嗷——",黑披风朝褐尾巴连声哀啸。

褐尾巴年轻貌美,不缺乏追求者,黑披风早就对它

垂涎三尺，它完全可以摇身一变成为新猴王的爱妃，重新享受在猴群的地位。然而，它却痴心不改，甘愿为爱情殉葬！

这是一种超越权势、超越功利、超越生命的伟大的爱情！要不是亲眼所见，我真不敢相信，动物界也有如此钟情的雌性！

我没有再把竹篙伸过去，我断定，它们是不会接受我的援救的。

褐尾巴紧紧地抱住麻子猴王，双腿停止了踩水，两只猴子一起沉了下去。"咕噜噜，咕噜噜"，水面冒起一串珍珠似的气泡。

不知为什么，我脑子里像放幻灯片似的跳出一组画面：猴群在陡崖上混战，癞痢头死于非命；眉痣雌猴抱着小猴的尸体离群出走；褐尾巴大白天跑来工作站与麻子猴王相会；麻子猴王缩在帐篷的角落一夜悲啸……

我突然觉得，有一条逻辑线可以把这几幅画面连缀在一起。

由于我的干预，半个月前的那场王位争夺战中，黑披风未能将麻子猴王赶入葬王滩里淹死，也就是说"王冠没有被鲜血染红"，新生的政权埋下了被颠覆的危机；黑披风三番五次跑到我们的工作站来，企图彻底解决问题，但结果却一再碰壁，无法如愿；雄猴们对黑披风产生了信念上的动摇，猴群内讧迭起，陷于混乱，濒临分裂；褐尾巴知道，唯有麻子猴王的生命，才能拯救整个猴群，于是，它在大白天光临我们的工作站，并非要和麻子猴王幽会，而是向麻子猴王通报猴群的情况；麻子猴王为了整个猴群的安宁，为了群体的利益，痛苦地选择了死亡……

这或许是我的主观臆测，但如果不是这样的话，又有什么理由让麻子猴王拖着衰老的身体只身前往猴岭，

向黑披风发起以卵击石的挑战呢？

这绝不是普通意义的自杀，而是一种辉煌的就义！

苍黄的江水虽然不很清澈，但还是有一定的透明度。褐尾巴抱着麻子猴王渐渐往下沉，没有挣扎，也没有松开，彼此紧紧相拥，横卧在绿色的水草间，一群淘气的小鱼在它们四周嬉戏着……

猴群伫立着，沉默着，凝视着……

第二天早上，我起床钻出帐篷，一眼就看见篱笆墙上挂着一只黄帆布挎包。哦，就是我被黑披风抢去的挎包。我摘下来一看，照相机、日记本和水壶完好无损，只是干粮被吃掉了。

下午，我和强巴进山采集白垩纪剑齿虎的化石，路过猴岭，看见那群金丝猴正在橡树林里觅食。黑披风威严地坐在一棵最大的橡树的枝丫上，不时有雄猴或雌猴跑过来，贡上最好的坚果，替它整理皮毛。群猴专心采撷树上的果子,没有争吵,也没有打斗,整个猴群秩序井然,一派祥和宁静。

撞笼的
金雕

ZHUANGLONG DE JINDIAO

金雕属隼形目鹰科,是珍贵的大型猛禽。一个动物园的鸟族馆里,如果没有漂亮的金雕,不仅游客会觉得扫兴,员工们也会觉得是一种缺憾。人们常用高山雄鹰来形容和赞美剽悍勇敢的男子,其实鹰比起雕来,各方面都逊色多了。就拿老鹰来说,体长约六十五厘米,全身灰黑,脖颈、胸脯和翅膀上混杂着棕白色羽毛,色彩单调,只能捕食田鼠、豪猪等小型啮齿类动物。而金雕体长达一米以上,颈羽金褐,翼羽金黄,点缀着雪片似的白羽，色泽高贵，飞翔本领和捕食能力极强，能从陡崖上将几十斤重的幼麝或小羊掳走。无论从形象还是力量上来说，金雕才是真正的天之骄子。

遗憾的是，这种极具观赏性的猛禽，却一直没有在昆明圆通山动物园里展出过。倒不是舍不得花钱去购买，而是金雕性格太烈，不愿做人类的俘虏，更不习惯在火车或汽车上颠簸，往往在运输途中就死掉了。去年有一次，好不容易将一只成年雌雕从怒江的碧罗雪山运到省城，展览的第一天，它一看到那么多游客，受了惊，在铁笼子里胡飞乱窜，撞断了翅膀，最后绝食而亡。

今年清明节刚过，从刚刚通航的丽江空运来一只成年雄雕。吸取了上一次那只雌雕因惊吓而撞笼绝食的悲惨教训，员工们格外细心地照顾着这只雄雕。先将它放在一间安静的空房子里，每天往房子里扔几只小白鼠或

几条小菜蛇,让它自己捕捉吞食。为了根治它一见到人就拒食的坏毛病,几天后,专门指定一名员工,把活的小白鼠和小菜蛇绑在棍子上,送到它面前。开始时,它扭着头,与人为敌,不吃嗟来之食,好像挺有骨气的样子。那名员工极有耐心,早上喂它,它不吃,就等到中午再喂;中午喂它,它不吃,就等到晚上再喂。我们在另一个房间里,通过摄像机和电视屏幕观察着雄雕的反应,一缕晚霞透过天窗照射在它身上,它已整整饿了一天,看得出来,饥饿感正折磨着它的自尊心。它左顾右盼,一会儿雕爪下意识地一开一合作攫抓状,一会儿喙不由自主地作啄咬状。训练有素的员工将食棍送到它面前,还用手指触动绑在棍子上的小白鼠和小菜蛇,小白鼠吱吱乱叫,小菜蛇扭动挣扎,对饥饿的金雕来说,无疑是很难抵御的诱惑。民以食为天,雕也以食为天,终于,孤傲的雄雕一口朝小白鼠啄了下去……

有了第一次，就有第二次，渐渐地，雄雕习惯了人工喂食。

对动物来说，觅食习惯实际上就是生存依赖，将直接影响到它的行为方式和情感投向。两个月后，这只雄雕不仅不再对"人"这种两足直立行走的动物感到害怕，还对给它喂食的那名员工有了亲近感，那名员工一进房间，它就会微微垂下翅膀，做出鸟类特有的欢迎姿态。不知道这是一种条件反射，还是一种情感依赖。

动物园是个人来人往的热闹场所，为了让雄雕逐步适应人多的环境，员工们三三两两地进出那个房间，有时还在房间里高声喧哗或是敲打脸盆什么的。开始，它一见到陌生人出入，一听到异常响动，就会受惊疾飞，慢慢地，反应转弱，后来，即使十多个人在房间里说笑，它也是该干什么就干什么，不受任何干扰。

在用铁丝网编织的巨大鸟笼里，望得见蓝天白云，

却累断翅膀也飞不出去。对性情孤傲的猛禽来说,会有一种被囚禁的感觉,它们有的因此患上忧郁症,有的甚至会出现撞笼的现象。为了让这只珍贵的雄雕能在笼舍里生活得潇洒愉快,员工们费尽心机,在笼子中央用花岗岩垒起一座微型假山,还移植了一棵枝繁叶茂的橄榄树。细密的绿云似的叶片盖住了大半个笼顶的铁丝网,许多树梢和嫩叶还从铁丝网眼里穿透出去,像是树冠形成的穹隆,像是青枝绿叶编织的房顶。起码在视觉效果上,消除或减弱了被丑陋的铁丝网隔断自由的不良感觉。

又过了一段时间,员工们正式将那只雄雕迁入新笼舍。串笼的第一天,虽然事先做好了充分准备,但大家心里仍不太踏实,围着雕笼,紧张地注视着,生怕发生意外。

雄雕被从铁门放进笼子,它一抬头,望见铁丝网外的蓝天白云，兴奋地长啸一声，就像囚徒被宣布无条件释放一样，扑扇着翅膀，在巨大的笼子里飞了一个漂亮的圆圈，像箭一样扑向蓝天白云。"咚"，它撞在铁丝网上，身体被弹了回来，晕头转向地降落到地面。它愣了片刻，似乎有点儿明白自己并没有被释放，只不过是从一个牢笼转移到了另一个牢笼。它好像不甘心被终身囚禁，再次飞到透着瓦蓝天空的铁丝网那儿，倒悬着身体，用爪撕，用喙咬，结果当然是徒劳的。它又飞到橄榄树梢，企图从密匝匝的叶丛间钻出去，同样劳而无功。

几乎所有野生猛禽，第一次被放进笼舍，都要这样乱折腾一阵。这并不奇怪，生命总是渴望自由的，强有力的翅膀总是希冀能翱翔蓝天。关键是冲破牢笼的努力失败后，是与命运妥协，还是抗争到底？

员工们三个多月的辛劳没有白费，当雄雕醒悟过来自己再怎么折腾也无法从笼子里飞出去时，它只是有点

儿伤感而已,停栖在树枝上,发了约十分钟的呆,很快就从痛苦的泥潭里挣脱出来。它甩动全身的羽毛,像是要把无端的烦恼甩干净似的。它优雅地撑开翅膀,在笼子里巡飞,视察和熟悉新的生活环境。它一会儿漫步于假山上,一会儿闲游在橄榄树中,一会儿到滴着水滴的人工泉饮水,看得出来,它的心情在从阴转晴。不管怎么说,这儿比它待过的那个封闭的房间要好得多了,不仅空间扩大了,还有山,有树,有水,除了不能自由飞上蓝天外,其他各方面条件都是不错的。它早已接受了人类的喂食,也习惯了与人相处,如果接受人类的嗟来之食对野生猛禽来说是一种失节的话,它不知道已经失节多少次了,再欣然接受人类为它精心安排的高级囚徒的舒适生活,又有什么关系呢?再怎么说,活着总是一种幸福。胳膊扭不过大腿,人都斗不过命运,更何况雕呢!

所有在场的人都松了一口气，悬在心里的一块石头落了地。雄雕如此表现，按经验推断，算是过了关，再也不可能发生拒食或撞笼的事了。

果然不出所料，在这以后的半个多月时间里，雄雕完全适应了笼舍的生活。游客再多，再喧闹，它也无所谓。照相机的闪光灯刺得它睁不开眼，它也不怕不惊，只是将身体转过去，背对着观众。有一次，一个淘气的小男孩用玩具手枪朝它开了一枪，塑料子弹击中了它的脖子，它也没有发怒。每天上午十点半，员工准时将小白鼠或小菜蛇扔进笼去，它会立刻从树枝上俯冲下来，伸出一只铁爪，一把就将惊慌失措的猎物稳稳抓住，空中掠过一道优美的弧线，它已飞回树枝上了。高超的表演博得游客的一阵阵掌声，它也扬扬得意地一口将猎物吞进肚去。给我的感觉是：它已经乐不思蜀了。

谁也没有料到，这么一只野性已被高度驯化的金

雕，最后还是撞笼而死了！

那是在它迁居笼舍约二十天后的一个中午发生的事。我恰巧路过雕笼，突然发现停栖在岩石上的雄雕颈毛怒张，双目圆睁，表情愤怒，好像准备和谁打架似的。当时公园里游客不多，雕笼旁只有一对老年夫妇在缓步行走，它不可能是受到人的惊扰。我凑近铁丝网仔细朝里张望，笼子里也没有任何值得大惊小怪的事。

"戈嗷——"，雄雕做出一种振翅欲飞的姿势，高高昂着头，恶狠狠地朝树冠啸叫了一声。我顺着它的视线望去。哦，笼顶的铁丝网外，站着一对鸽子，一只雪白，一只紫酱，看起来像小两口。雪白在紫酱的肩上摩挲着脖子，紫酱用喙替雪白梳理着羽毛。

看来，雄雕不欢迎这对鸽子，想赶走它们。

这对鸽子大概爱心正浓，情意缱绻，已进入了忘我的境界，没有听到雄雕的啸叫，我想。鸽子生性胆小，要是在野外的话，别说听到金雕的啸叫，远远看见金雕的影子就会被吓得屁滚尿流，掉头就逃，只恨爹娘少生了一对翅膀！而金雕最爱吃的就是鸽子，就像猫专门要逮老鼠差不多。

雄雕见这对鸽子仍在笼顶逗留，便一拍翅膀，飞到橄榄树上，停在那根最高的横杈上，昂起头，铁钩似的喙差不多快要碰到铁丝网了，它气沉丹田，脖子一弓，吐出一声凌厉的长啸。声音之大，连隔壁笼舍正在蒙头大睡的猫头鹰都被惊醒了，"呦呦"叫着，睁着两只在白天什么也看不见的眼睛，胡乱飞窜。就算这对鸽子再大意，再麻痹，再耳聋，也该听到这声雕啸了。

然而，让我大惑不解的是，这对鸽子仍像没事一样，在笼顶的铁丝网上漫步嬉戏，流连忘返。紫酱的一只爪子还刨动了嫩绿的橄榄树树叶，大概是想寻找吃的东西。我一下就看清那只鸽爪上戴着一块红标签，那是

家鸽协会颁发的牌照。

唔,我明白这对鸽子为啥那般胆大妄为,对近在咫尺的金雕也敢不理不睬。它们就是动物园那位外号叫"鸽子迷"的职工养的信鸽,窝就搭在动物园里的职工宿舍楼。它们出生在动物园,自小就熟悉这里的环境,知道这些凶禽猛兽被困在笼子里,没什么能耐,对它们构不成任何威胁,所以才会对金雕的啸叫充耳不闻。

动物也很势利,那叫"虎落平阳被犬欺",这叫"雕在笼里遭鸽戏"。

雄雕颈上的羽毛支立着,一副怒发冲冠的模样,跳起来朝在它头顶的鸽子啄咬。当然,细密的铁丝网挡住了它的喙,它什么也没咬到。

我不知道这只雄雕干吗非要把笼顶的这对鸽子撵走,或许,它觉得鸽子"咕咕咕"的叫声惊扰了它的清梦;或许,它早已养成了唯我独尊的强者意识,不能容

忍弱小的飞禽在它身边吵闹;或许,它觉得这对鸽子肆无忌惮地站在它头顶谈情说爱,是对它的倨傲不恭。

"嘣",雄雕坚硬的喙叩击着铁丝网,发出清脆的响声,爆起一团轻烟似的尘埃。那对鸽子这才从忘我的缠绵温柔中回过神来。紫酱偏着脸,扒开橄榄树的嫩叶,用一只眼睛从铁丝网眼里朝下望,"咕咕""咕咕""咕咕咕",它发出一串短促的鸣叫,那刻薄的神态,那粗野的叫声,分明在说:"你这个囚犯,还神气什么?有本事你来抓我们呀!"

雄雕浑身颤抖,全身的羽毛都耸立起来,大张着嘴,"吭——吭——吭——吭——",好像一股冤气郁结在心里,想吐吐不出来,憋得快要爆炸了。那模样,实在太吓人了。

偏偏这个时候,雪白尾羽一翘,屙出一泡鸽粪,不偏不倚,秽物滴滴答答淋在雄雕的脑袋上。我不晓得这是偶然的巧合，还是雪白在故意恶作剧。

粪浇雕头，奇耻大辱。霎时间，雄雕双目喷火，"嗷——"地发出一声惊心动魄的长啸，巨大的翅膀猛烈摇动，向笼顶那对鸽子扑去。咚！它重重撞在铁丝网上，撞得尘埃飞扬，树叶飘零，整个笼舍都微微摇晃了。它斜斜地跌落地面，头撞出了血，脖子也扭伤了。

那对势利鬼鸽子见大事不妙，一拍翅膀飞走了，洒下一串悠扬的鸽哨声。

雄雕并没有因为已经把那对鸽子吓走而罢休，它跌跌撞撞站起来，目光迷乱狂热，再次摇动翅膀，朝笼顶撞去。我第一次看见如此可怕的撞笼。它浑身是血，翅膀、脖颈、脚杆和胸脯都受了创伤，一次又一次跌回地面，又一次再一次顽强起飞，挣扎着，怒啸着，朝笼顶扑去。它不在意那对侮辱它的鸽子是否已逃走，它的仇恨发泄在隔断它自由的铁丝网上，它要用血肉之躯撞开

囚笼,翱翔广袤的天际,一展猛禽的风采。金色的羽毛像秋天落叶洋洋洒洒铺满了笼舍的地面,等闻讯赶来的员工打开门,它已变成一只血雕,没法再救了……

当一个强者落入困境,为了生存,他或许会降低自己的身份,不得不低下高贵的头,去做自己过去不愿意做的事情。但这种向命运屈服和让步,是有限度的,那就是不能伤害他脆弱的自尊心。自尊心是一种说不清、道不明的东西,从解剖学上说,包括人在内所有的生命在生理构造上都找不到自尊心这么一样东西,然而,自尊心却是确确实实存在的。自尊心对生命的意义,有时候比食物和空气更重要。生活中常有这样的事:一个人可以勒紧裤带过最贫困的日子,可以忍受病魔的无情折磨而坚强地活下去,却难以忍受讥讽和嘲笑,当自尊心受到践踏时,便会产生轻生的念头。

我想,雄雕之所以在完全适应了动物园笼舍生活后，突然之间又撞笼而死，原因就在于此。它是爱惜自己的生命的，不然的话，它也不会接受人类的嗟来之食。它可以屈服于比它强大的人类，规规矩矩待在失去自由的铁笼子里。但当一向被它瞧不起的鸽子嘲弄它时，它麻木的灵魂被深深震撼了，过去对它望风披靡的鸽子都敢用轻蔑的态度对待它，可见它的处境多么糟糕，活得多么可怜。金雕傲岸的品性使它无法面对这残酷的现实，在鸽子面前忍辱偷生，还不如撞笼而死！

保护自己的自尊心，爱护别人的自尊心，这是避免生活酿出苦酒和造成悲剧的最好办法。

动物小说大王沈石溪
作品获奖记录

《第七条猎狗》(短篇小说)
中国作家协会首届全国优秀儿童文学奖

《退役军犬黄狐》(短篇小说)
第六届陈伯吹儿童文学奖

《狼王梦》(长篇小说)
台湾第四届杨唤儿童文学奖
第二届全国少年儿童优秀图书一等奖

《一只猎雕的遭遇》(长篇小说)
中国作家协会第二届全国优秀儿童文学奖

《天命》(短篇小说)
1992年海峡两岸少年小说、童话征文佳作奖

《象母怨》(中篇小说)
首届冰心儿童文学新作奖大奖

《残狼灰满》(中篇小说)
　首届《巨人》中长篇奖

《沈石溪动物小说自选集》(中短篇小说集)
　第三届冰心儿童图书奖

《红奶羊》(中篇小说集)
　中国作家协会第三届全国优秀儿童文学奖

《狼王梦》《第七条猎狗》(中短篇小说集)
　台湾1994年"好书大家读"优选少年儿童读物奖

《第七条猎狗》(短篇小说集)
　台湾"中国时报"1994年度十佳童书奖

《保姆蟒》(短篇小说集)
　1996年台湾金鼎奖优良儿童图书推荐奖

《狼妻》(短篇小说集)
　台湾1997年"好书大家读"年度最佳少年儿童读物奖

《宝牙母象》(中篇小说)
　第十一届中国图书奖

《牧羊豹》(短篇小说集)
　台湾2000年"好书大家读"年度最佳少年儿童读物奖

《刀疤豺母》(长篇小说)
第十三届中国图书奖

《鸟奴》(长篇小说)
中国作家协会第六届全国优秀儿童文学奖

《藏獒渡魂》(中短篇小说集)
2006年冰心儿童图书奖

《斑羚飞渡》(短篇小说集)
国家新闻出版总署2007年向青少年推荐百部优秀图书

《狼王梦全本》《狼世界》(中短篇小说集)
国家新闻出版总署2008年向青少年推荐百部优秀图书

版权专有　侵权必究

图书在版编目（CIP）数据

鸡王／沈石溪著．—北京：北京理工大学出版社，2019.5
（动物小说大王沈石溪·致敬生命书系）
ISBN 978-7-5682-6894-3

Ⅰ.①鸡… Ⅱ.①沈… Ⅲ.①儿童小说－中篇小说－中国－当代
Ⅳ.①I287.45

中国版本图书馆CIP数据核字（2019）第054193号

出版发行／北京理工大学出版社有限责任公司
社　　址／北京市海淀区中关村南大街5号
邮　　编／100081
电　　话／（010）68914775（总编室）
　　　　　（010）82562903（教材售后服务热线）
　　　　　（010）68948351（其他图书服务热线）
网　　址／http：//www.bitpress.com.cn
经　　销／全国各地新华书店
印　　刷／保定市鑫宇印刷有限公司
开　　本／880毫米×1230毫米　1/32
印　　张／5.5　　　　　　　　　　　　　　　责任编辑／田家珍
字　　数／49千字　　　　　　　　　　　　　文案编辑／田家珍
版　　次／2019年5月第1版　2019年5月第1次印刷　责任校对／杜　枝
定　　价／29.80元　　　　　　　　　　　　　责任印制／施胜娟

图书出现印装质量问题，请拨打售后服务热线，本社负责调换